Seduzido pelo Coração de uma Lady

CHRISTI CALDWELL

Seduzido pelo Coração de uma Lady

Série Lords of Honor

Editora Pausa

Copyright © 2015 by Christi Caldwell

Título original: Seduced by a Lady's Heart

Todos os direitos reservados.

Nenhuma parte desta publicação pode ser reproduzida, distribuída ou transmitida por qualquer forma, seja por meios mecânicos, eletrônicos, seja via cópia xerográfica, sem a prévia autorização por escrito da Editora.

Esta é uma obra de ficção. Nomes, lugares, personagens e eventos são fictícios em todos os aspectos. Quaisquer semelhanças com eventos e pessoas reais, vivas ou mortas, são mera coincidência. Quaisquer marcas registradas, nomes de produtos ou recursos nomeados são usados apenas como referência e são considerados propriedade de seus respectivos proprietários.

Editora
Silvia Tocci Masini

Preparação
Lígia Alves

Revisão
Sabrina Inserra

Diagramação
Charlie Simonetti

Capa
Larissa Carvalho Mazzoni (sobre imagem de Light-Field Studios/ Shutterstock)

Dados Internacionais de Catalogação na Publicação (CIP)
(Câmara Brasileira do Livro, SP, Brasil)

Caldwell, Christi
   Seduzido pelo coração de uma lady / Christi Caldwell ; tradução S. T. Silveira. -- São Paulo : Editora Pausa, 2019. -- (Série lords of honor ; v. 1)

   Título original: Seduced by a lady's heart.
   ISBN 978-85-93745-96-6

   1. Ficção inglesa I. Título. II. Série.

19-30504   CDD-823

Índices para catálogo sistemático:

1. Ficção : Literatura inglesa   823

Maria Alice Ferreira - Bibliotecária - CRB-8/7964

Para Rory,
o meu lindo menino.

Com a série Lords of Honor sobre heróis e soldados, não há ninguém que mereça mais esta dedicatória do que você, meu guerreiro forte e corajoso em tudo. Você me inspira com sua força e me comove com seu belo espírito, diante de grandes desafios. *Você* é o meu herói.

LONDRES, INGLATERRA
PRIMAVERA, 1819

Em todos os vinte e oito anos de Lady Eloise Yardley, a condessa de Sherborne, ela poderia provavelmente contar nos dedos de uma mão as ações desleais e questionáveis que havia praticado. E essa lista pouco impressionante de pecados incluía roubar balinhas de menta de outra menina, aos sete anos.

As palmas das mãos estavam úmidas por causa do mal-estar que se agitava em suas entranhas. Para aquietar seus dedos trêmulos, esfregava-as ao longo dos lados da saia de cetim prateado. Olhando para o modesto vestíbulo de mármore do Hospital de Londres, Eloise reconheceu que aquele ato desleal era muito pior do que roubar balinhas de menta.

– Senhora, se preferir não fazer a visita, é mais do que compreensível. – As palavras da idosa enfermeira interromperam suas reflexões.

Assustada, Eloise bateu com a mão no peito.

– Er, não. Estou bem – mentiu. Ela limpou a garganta. – Estou apenas... – *Aterrorizada. Nauseada. Em pânico.* E com todas as emoções no meio, na expectativa de passar por aqueles corredores e entrar nos quartos esterilizados do hospital. O lampejo suave nos olhos da mulher indicava que ela havia descoberto a mentira. Eloise suspirou. – Vamos?

As sobrancelhas brancas da enfermeira atingiram sua linha do cabelo em aparente surpresa, e, então, um brilho de aprovação substituiu sua preocupação anterior. Ela fez um breve aceno de cabeça.

– Venha comigo – murmurou.

A senhora não tentou preencher o incômodo manto de silêncio, o que Eloise agradeceu. Ela não acreditava que pudesse formular um único pensamento coerente. Franziu a testa. Um assunto que teria de resolver se aquela visita cuidadosamente orquestrada tivesse sido realmente bem planejada. Eloise olhava para as paredes brancas e sombrias, o gesso duro, desprovido de alegria e vitalidade. Mas a vida a ensinara desde cedo que nada acontecia como planejado.

— Sempre sou grata por ver damas como a senhora arranjando tempo para visitar os soldados feridos — disse a enfermeira Maitland.

Os passos de ambas caíram num ritmo sincronizado.

A culpa transpassou Eloise. Ela nunca se sentiu tão envergonhada como naquele momento. Porque não foram razões estritamente altruístas que a trouxeram para aquele lugar temido. Pelo contrário. O remorso manteve-a em silêncio.

— Lady Drake, a marquesa de Drake, visita o hospital há muito tempo.

Ela, claro, sabia disso.

— É mesmo? — A voz de Eloise emergiu como um guincho agudo, que atraiu um olhar de soslaio da mulher.

— Sim. Na verdade, ela está aqui agora mesmo... N-nossa! Está bem, senhora?

Eloise tropeçou e, infelizmente para a enfermeira, usou o corpo alto e estreito da mulher como apoio.

— Sim — respondeu ela, de um jeito estúpido. Um calor mortificante queimou suas faces. No entanto, a excitação passou por ela, mais poderosa do que qualquer pequena emoção de embaraço. Então, a marquesa estava ali. Ela rapidamente arrancou as mãos dos ombros estreitos, mas aparentemente capazes, da enfermeira Maitland. — Perdoe-me — disse, tardiamente.

A mulher lançou um olhar preocupado para seu rosto e, em seguida, retomou a marcha. Eloise manteve-se ao lado dela. A cada passo que a aproximava dos temidos quartos do hospital, o pânico se apoderava dela. Eloise sabia muito bem que poderia ter arquitetado um encontro com a marquesa em outro lugar que não fosse o Hospital de Londres. Mas era preciso conhecer não só aquela mulher, mas sobretudo, aquele lugar.

Como se se sentisse observada, a marquesa levantou os olhos da leitura e examinou ao redor. Seu olhar colidiu com o de Eloise. Um sorriso largo envolveu o rosto da mulher, que levantou uma mão em saudação.

Alguma ansiedade saiu de Eloise quando conseguiu exprimir seu primeiro sorriso verdadeiro e devolveu o gesto.

– Por favor, permitam-me que eu as apresente.

Pela primeira vez em muito tempo, a excitação despertou nela a vida. A cada passo que dava, o medo daquela sala, de seus planos, de simplesmente estar ali, desapareceu. Bem... o medo não sumiu completamente, mas permaneceu mudo pela esperança em seu coração.

– Lady Drake – a enfermeira disse, com muito mais familiaridade do que Eloise esperava, enquanto paravam ao lado da cama de um cavalheiro.

Eloise olhou para baixo e, por um momento fugaz, seus motivos para procurar a marquesa desapareceram quando confrontados pela rigidez dos olhos vazios de um cavalheiro de cabelo loiro e olhos azuis.

– Enfermeira Maitland – a marquesa respondeu.

O restante de suas palavras ficou perdido quando Eloise encontrou o olhar rude de um estranho que a encarou com ousadia. A dor apertou seu estômago enquanto ela substituiu aquele rosto por outro. Será que foi nisso que Lucien se transformou? Ela nunca imaginou que isso pudesse ter acontecido com o garoto gentil e educado, sorridente e alegre que ela tinha considerado um amigo.

Então, se ele ainda fosse aquele rapaz risonho e amável, não teria voltado? uma voz agitada perguntou.

– Esta é Lady Sherborne – a enfermeira Maitland apresentou-a.

Ela corou.

– Senhora – Eloise gaguejou e fez uma reverência tardia.

A marquesa levantou-se num turbilhão de saias, acenando com a mão, repentinamente.

– Oh, por favor, não há necessidade de formalidade – assegurou. – Emmaline é suficiente. – Ela sorriu, novamente um sorriso cheio de calor e sinceridade. – Nós gostamos da presença de novos e agradáveis convidados, não é verdade, tenente Forbes?

Os lábios dele deram um meio sorriso.

— Sim. — Por um momento, Eloise se perguntou se apenas imaginara a frieza do homem. Então, ele desviou o olhar e a desconfiança substituiu toda a impressão de afeto.

Eloise moveu-se, sentindo-se uma intrusa naquele mundo. Em todos os mundos, na verdade. Nunca sentira uma ligação parecida com qualquer outro lugar como com os campos de Kent.

— ... apenas mostrando a Lady Sherborne...

Ela umedeceu os lábios, dividida entre o propósito que a tinha levado até ali e a súbita necessidade de ver os homens que chamavam aquele hospital de lar. Lucien já tinha sido um deles. A agonia deu um nó em seu estômago. Com um gesto lento de cabeça, ela disse:

— Foi um prazer conhecê-la, minha se... Emmaline — rapidamente se emendou diante da gentil reprovação nos olhos da marquesa.

— De fato — Emmaline concordou. Ela levantou uma mão em despedida e voltou a atenção para o tenente Forbes.

Com uma relutância dolorosa, Eloise se viu ao lado da enfermeira Maitland mais uma vez.

— Os cavalheiros gostam quando lemos livros para eles. Eles gostam quando cantamos — disse ela, com um aceno de mão ao redor da sala.

Eloise encolheu-se. Não podia imaginar uma afronta mais evidente do que visitar aqueles homens e torturá-los com a sua voz desafinada e estridente.

— Não tenho livros comigo — objetou, arrependendo-se em seguida. Naquele momento, queria ter sido menos egoísta. Desejava que tivesse parado para considerar que havia homens como Lucien, sozinhos, dependentes da caridade de estranhos. A agonia atravessou-a com uma faca diante da ideia de que ele estivera sozinho naquele hospital, quando havia outros que o amavam, esperando por ele. *Eu estava lá. Eu esperava.*

A enfermeira Maitland parou ao lado da cama de um homem alto, largo e com um chocante cabelo louro-branco. Ela lhe deu um sorriso encorajador.

— A sua simples presença já é bem-vinda — assegurou. Ela não permitiu que Eloise fizesse protestos, mas se virou para o cavalheiro com o olhar fixo na janela. — Tenente-Capitão Washburn — a enfermeira cumprimentou.

Ele inclinou a cabeça para retribuir.

– Enfermeira Maitland. – O estranho desviou a sua atenção para Eloise.

– Permita-me apresentar Lady Sherborne. Ela é uma visitante muito agradável. – A culpa torceu o estômago de Eloise. Havia um propósito para ela estar ali que não merecia a bondade da enfermeira. E com um sorriso de despedida, que só aumentou o sentimento de culpa de Eloise, a enfermeira Maitland foi embora.

O pânico brotou no peito da jovem com a ideia de estar sozinha naquela sala, embora não estivesse realmente sozinha. Eloise respirou fundo e concentrou-se naquele fato salvador.

– Está bem, senhora? – O tenente-capitão Washburn perguntou, com preocupação.

Todos deviam considerá-la tola e fraca. Ela sorriu.

– Sim – assegurou enquanto se dirigia para a pequena cadeira de madeira atrás de si. Eloise sentou-se na borda do assento duro e desconfortável. Refletiu melhor, e arrastou-se para mais perto da cama dele.

Eles se olharam por um longo tempo, em silêncio.

– Tem certeza que está...?

Ela cortou o ar com uma mão.

– Plena certeza. – Ela fez uma pausa, deixando cair um grande manto de tensão e silêncio. Nunca tinha sido do tipo sedutora, capaz de preencher todos os vazios de silêncio. Mas a Sra. Sara Abbott podia. Eloise ajeitou as saias diante da lembrança involuntária da adorável mulher loura, a filha perfeita do vigário, que se mudou para a aldeia após a morte dele. Sara saberia o que dizer. Eloise, no entanto, nunca soubera. E por isso ela fez uma pausa embaraçosa com a verdade. – Fico nervosa em hospitais. – Pelo ligeiro alargamento dos olhos dele, percebeu que o havia chocado com sua ousada confissão. Eloise voltou o olhar para a janela. – Me fazem pensar em doenças – disse, mais para si mesma do que para ele.

– Sinto muito, senhora.

Ela mordeu o lábio inferior e se voltou para o rapaz.

– Imagino que estaria muito melhor sem nenhuma companhia do que com a minha miserável pessoa – comentou, com um sorriso irônico.

– Não – ele apressou-se a assegurar. – Não muito melhor. Talvez... um pouco melhor. – Ele piscou.

Um riso amedrontado lhe escapou, ganhando os olhares curiosos dos que a rodeavam. E, com aquele comentário eloquente e um piscar de olhos, toda a tensão restante deixou o corpo dela.

– Obrigada – respondeu, suavemente.

– Sorrir é importante, senhora – ele teorizou, sábio. – Mesmo quando as lembranças são assustadoras.

Como é que ele...? Ela pensou.

– Está escrito em seu rosto, senhora. – O estranho ardiloso balançou o queixo na direção dela, e, irrefletidamente, Eloise tocou seu próprio rosto. – Imagino que todos nós façamos isso.

Ela sempre fazia isso... Eloise deixou cair as mãos no colo. Arrependimentos do passado e a agonia de seus fracassos.

– Há quanto tempo está aqui? – Perguntou ela –, calmamente.

Os lábios dele se contorceram.

– Mais tempo do que quero me lembrar. – O coração de Eloise apertou-se com o pesar pela solidão dele. Uma imagem de Lucien, ali, com aqueles homens como companheiros. *Ele tinha falado de seu passado? Tinha falado dela?*

No mesmo momento em que essa tola reflexão se instalou, ela desapareceu. Lucien nunca teria mencionado uma amiga de infância. Mesmo que ela o tivesse amado, o coração dele havia pertencido a Sara. Mais uma vez, a culpa por seus fracassos torceu seu estômago.

– Sinto muito – disse ela, finalmente.

Ele enrijeceu, um homem orgulhoso que nunca acolheria ou aceitaria a piedade.

– Não me refiro a sua situação, tenente-capitão. – Ela já tinha sentido mais emoções desperdiçadas do que poderia desejar. – Nunca teria pena do senhor nem de ninguém nesta vida. – Ela não se atreveria a sujeitar qualquer pessoa a esse sentimento inútil e indesejado. – Mas lamento que esteja em um lugar onde preferiria não estar, porque sei o desgosto que é.

A luz do sol atravessou a janela e lançou sobre a cama um brilho suave. Ela seguiu o feixe para fora do vidro cristalino, odiando o pesar que tinha se infiltrado como um tentáculo.

— Perdoe-me — ele disse, novamente atraindo a atenção dela. — Foi injusto da minha parte fazer suposições sobre as suas experiências. — Um pequeno riso surgiu da sua boca. — As experiências da vida deveriam ter me ensinado melhor — disse, com um pequeno sorriso.

— Nem sempre é fácil lembrar. — Pelo canto do olho, ela espiou a mulher esbelta no extremo oposto da sala, de pé, preparando-se para sair. A guerra conflituosa dentro dela se travou entre o desejo de ficar e conversar com o cavalheiro, e o de voar pela sala e deter a mulher. Afinal, Eloise tinha ido até ali com a intenção clara de procurar a marquesa.

O soldado fez um sinal em direção a Lady Drake.

— Posso...? — Perguntou Eloise.

— Com certeza — garantiu ele.

— Desculpe. — Com um sussurro apressado e envergonhado e a promessa de retorno, ela correu pela sala, ganhando cada vez mais olhares curiosos.

As sapatilhas de cetim foram uma escolha desastrosa para seu traje do dia. Ela gritou enquanto deslizava feito uma patinadora sobre o gelo e colidiu com as costas da marquesa. Lady Drake avançou para a frente e teria caído de cara no chão se Eloise não a segurasse pelos ombros.

Emmaline se virou, com um sorriso quente e grato no rosto.

— Oh, meu Deus, muito obrigada. Acredito que teria dado um espetáculo aqui.

Eloise balançou a cabeça.

— Não, senhora... Emmaline — emendou, quando a bondosa mulher abriu a boca. — Foi...

— Por favor, diga que vai se juntar a mim para o chá, senhora.

— Por favor, me chame de Eloise — ela corou.

O sorriso da marquesa se expandiu.

— Esplêndido! Pode ser amanhã? — Com uma rápida reverência, ela girou no calcanhar e marchou para fora do quarto, deixando Eloise de olhos arregalados, olhando para ela.

Bem... tinha sido realmente muito mais fácil do que ela imaginara.

Lucien Jones moveu-se com precisão militar pela mansão palaciana de seu patrão, o marquês de Drake. A gravata rígida ameaçou sufocá-lo, e ele puxou o maldito tecido. Uma dor tão forte que era como uma força física, o encheu de saudade do conforto que conhecera nos estábulos do marquês.

– Malditas gravatas – murmurou, e uma criada de olhos arregalados correu na direção oposta. Em outra época, ele teria sentido um pouco de vergonha por assustar os empregados. Mas aquele cavalheiro decente tinha desaparecido. Estava morto havia muito tempo. Apertou o maxilar e fez uma pausa à porta do escritório de seu patrão. Levantou uma mão.

– Entre – a voz de Lorde Drake atravessou o painel de madeira antes mesmo de Lucien bater à porta.

Ele apertou o punho.

– Queria me ver, capitão?

O marquês de Drake, que tinha sido capitão do Exército de Sua Majestade quando o maldito Boney estava causando estragos em todo o continente, tinha liderado Lucien na batalha. Reverenciado como um herói de guerra, o poderoso nobre olhou para cima sobre seus livros.

– Jones – ele cumprimentou, o tom de voz dando pouca indicação sobre seus pensamentos. Largou a caneta sobre a mesa.

Lucien entrou na sala.

– Sente-se – o marquês ordenou.

Ele franziu a testa.

– Sentar? – Havia muito tempo ele desconfiava de convites, principalmente dos emitidos por familiares, antigos amigos e, agora, pelo seu patrão.

– A não ser que prefira ficar em pé na nossa reunião – perguntou o outro homem, secamente.

Na verdade, sim. Os anos de luta o haviam ensinado os perigos do descanso. *A maldita guerra.* No entanto, sob o olhar questionador do marquês, Lucien buscou a cadeira mais próxima, a cadeira de couro com encosto. Observou a sala por um longo momento, lembrando-se de um escritório diferente, de riqueza igualmente opulenta, em um mundo ao qual ele já havia pertencido, mas que havia evitado depois do inferno que a vida lhe causara.

Seu patrão começou, sem preâmbulo.

– Você está infeliz no seu novo posto.

Lucien enrijeceu. As palavras de Lorde Drake não eram uma pergunta, mas uma observação impecável de um homem cuja estranha intuição salvara um grande número de homens, em muitas ocasiões. Lucien tinha feito várias coisas repreensíveis para sobreviver e provavelmente queimaria no inferno por aqueles pecados e outros que ainda o mantinham acordado à noite, mas nunca tinha sido um mentiroso.

– Não – disse, asperamente. Ele sentia falta de seu posto nos estábulos. Talvez, mais do que isso. Sentia falta do maldito braço esquerdo.

– Você não pertence aos estábulos – continuou o marquês, com uma franqueza que Lucien apreciou.

– Eu não pertenço a este lugar – ele atirou de volta, honestamente. Embora, na verdade, ele não pertencesse a lugar algum. Era um homem que não se encaixava em nenhum mundo.

O outro homem colocou os cotovelos na mesa e inclinou-se para a frente.

– Suspeito que pertença a este lugar mais do que a qualquer outro.
– Ele arqueou uma sobrancelha.

Lucien enrijeceu, preferindo uma existência em que seus segredos fossem dele e só ele tivesse de sofrer o tormento.

Lorde Drake levantou a mão.

– Eu não pediria, nem esperaria, que um homem revelasse o seu passado. Isso lhe pertence, Jones.

A tensão deixou os ombros de Lucien.

– Não há ninguém em quem eu confie mais a gestão da minha casa do que em você – prosseguiu o Marquês.

A rigidez se infiltrou em seu corpo, e o desejo de pedir a restituição de seu posto anterior se tornou uma necessidade física. Ele falou sem rodeios.

– Os empregados têm medo de mim. – E com razão. Era um monstro sombrio e miserável, que tinha se esquecido de como é ser um verdadeiro cavalheiro.

Os lábios do outro homem subiram em um dos cantos. Lucien não pôde deixar de notar que ele não discordou.

– Não o manterei em um posto que não deseja.

O gesto magnânimo o fez interromper-se.

– Capitão?

– Preciso de um novo mordomo. – Ele fez um sinal, apontando para os livros abertos à sua frente. – O meu antigo fazia um trabalho deplorável.

Lucien afundou de novo em seu lugar. Com as palavras do marquês se foi sua última esperança.

– Você não pertence aos estábulos, Jones – o Marquês falou, no tom calmo e resoluto de quem tinha uma opinião e não a abandonaria. Os lábios dele torceram-se em um sorriso irônico. O homem seria um maldito capitão até morrer.

Lucien deslizou seu olhar para a janela e olhou para o céu, irritantemente brilhante e ensolarado. Ele detestava o sol, preferindo de longe os céus cinzentos e nublados de Londres e os frequentes episódios de chuva, que melhor se adaptavam ao seu humor. Esfregou a mão remanescente sobre os olhos. O último lugar em que desejava estar era o campo, que serviria sempre como um lembrete da vida, não, das vidas, que havia deixado para trás – uma esposa e um filho que ele nunca havia conhecido. No entanto, aquele homem, o marquês e sua esposa, o haviam puxado de volta da beira do desespero, restaurando ao menos uma imagem viva, que respirava, da pessoa que ele já tinha sido. E por isso ele lhes devia lealdade.

– Vou deixá-lo decidir, Jones, o que prefere – continuou o Marquês. Não havia nenhuma decisão ali. – Precisa apenas me dizer. – Inclinou a cabeça, em um gesto de despedida educado.

O homem iria forçá-lo a desistir da segurança que conhecia e aceitar a posição de mordomo? Lucien não queria acreditar, mas, tendo lutado com o capitão em batalha, sabia que a mente do marquês já estava decidida e não seria influenciada. Apesar de todo o controle que Lucien acreditava ter tido naqueles anos, descobriu que estava errado mais uma vez.

Ele se levantou e fez uma reverência rígida.

– Capitão – disse entre os dentes cerrados, e então saiu, tomando cuidado para fechar a porta silenciosamente atrás de si. O espaço entre ele e o seu patrão alimentou o incômodo que pairava em seu interior. Atravessou a maldita casa. Com os finos tapetes que revestiam os corredores e os móveis Chippendale, poderia muito bem ser qualquer outra casa em Londres. Ou pior, uma em particular. Uma que ele ainda não conseguia tirar da mente, apesar de todo o seu esforço. Um lugar onde outro homem tinha comandado e Lucien tinha escutado. O passado confundiu-se com o presente, assim como os pedidos do marquês, o suave ruído do campo inglês passando por sua mente, quase o estripando. Sua vida teria sido completamente diferente se ele tivesse tido força para rejeitar as exigências de outro homem.

Ele parou e pressionou a testa contra o papel de parede de seda marfim que revestia o corredor. Mantinha uma respiração curta, concentrando-se nas rápidas entradas e saídas de ar nos pulmões. As lembranças da guerra e de seu regresso o invadiram, recusando-se a deixá-lo. Com todas as balas que tinha levado dos malditos franceses e os sabres que tivera enfiados em sua pele, ele deveria estar morto.

A mulher dele, Sara, tinha-o sustentado. As cartas que havia escrito, e mais ainda a lembrança dela, sorridente e serenamente bela, esperando pelo seu retorno. Então, as cartas cessaram. Ele inventou todo tipo de explicação para a súbita ausência daquelas cartas. Mas apenas seu regresso provou o que ele tanto negara a si mesmo. Ela havia morrido. Lucien enrijeceu a mandíbula. Ela havia morrido e sua maldita família tinha escondido a verdade dele.

Lucien empurrou para trás aqueles inúteis arrependimentos amargos e, em vez disso, fixou-se na ironia. Sobrevivera a todas as balas de pistola disparadas em seu corpo e cortes de baionetas em sua pele, e sua esposa tinha morrido de febre. O diabo tinha um senso de humor perverso. Lucien afastou-se da parede e forçou a lembrança dela para o passado, aonde pertencia.

Continuou pelo corredor, modificando cuidadosamente sua expressão, e adotando a firme e inflexível máscara que tinha vestido ao longo dos anos.

Uma batida soou na porta da frente e ele marchou em direção ao encargo que lhe tinha dado um sentido de propósito vazio nos dois últimos anos, desde que o marquês o tirara do Hospital de Londres – e o trouxera de volta aos vivos.

A ligeira pancada na porta da frente cessou. E depois começou de novo com um entusiasmo renovado.

– Inferno – murmurou. Tinha passado tantos anos longe da vida de nobreza que se esquecera do senso patente de arrogância. As portas se abriam voluntariamente por pessoas cujo único propósito na vida era servir a suas necessidades mimadas. A cada passo, a cada batida, a fúria ardia por dentro. Ele a alimentou, porque ela momentaneamente apagara a memória de Sara e de sua grande perda.

Outra maldita batida. Rangendo os dentes, continuou caminhando para a frente. Quem quer que estivesse ali para ver o marquês ou a marquesa tinha tanta paciência quanto as forças de Boney em sua marcha pela Rússia. De repente, encontrando um quase deleite na impaciência do maldito nobre do outro lado daquela porta, ele diminuiu a velocidade dos passos.

Eloise fez uma pausa, franzindo as sobrancelhas com raiva, batendo com a aldrava de leão no centro da porta preta. Revirou sua bolsinha e retirou o bilhete que tinha memorizado quando chegara em casa na noite anterior.

Minha querida Lady Eloise,
Espero que me acompanhe para o chá...

– À uma hora – ela murmurou em voz alta, enfiando o bilhete de volta na bolsa. Registrou vagamente os olhares interessados, dirigidos pelos senhores e senhoras que por ali passavam naquela hora.

Humpf. Ela se virou e olhou para a rua. Talvez a marquesa tivesse mencionado outro dia, à uma hora? Mas não, não, isso não fazia sentido. Seu criado permaneceu pacientemente à beira da rua, com uma expressão dolorosa no rosto, causada pela exibição ousada de sua senhora. Eloise fez ruídos de indignação. Não podia ir embora. Além disso, talvez o verdadeiro motivo de sua inquietação não fosse, de fato, sua demonstração pública de entusiasmo à porta da marquesa, mas sim a ausência de um mordomo provavelmente indolente.

Ela bateu à porta outra vez. Quem poderia imaginar que a poderosa, respeitada e muitas vezes reverenciada marquesa de Drake tivesse criados tão desatentos? Eloise comprimiu os lábios com força, percebendo, ao mesmo tempo em que o pensamento deslizava em suas reflexões, como aquilo deveria parecer completamente arrogante.

Especialmente para alguém que era apenas a filha de um cavaleiro. Outra batida. *Que dificilmente era procurada nos principais eventos.* Outra batida. Não que ela desse muita importância a participar de eventos. Um fio de cabelo loiro escapou de seu coque e caiu sobre seus olhos. Ela o escondeu atrás da orelha e, com um suspiro, finalmente admitiu que seu encontro sereno com Lady Drake e o convite para um chá tinham sido apenas sorte demais para alguém que só tivera azar. Com um suspiro, Eloise virou-se.

O clique da abertura da porta encontrou seus ouvidos assim que a ponta de seu pé direito tocou o degrau.

– Posso ajudá-la?

A voz dura e grave congelou-a em seus passos. Talvez sua sorte não fosse tão ruim, afinal de contas. Com o coração batendo violentamente, Eloise girou. A emoção cresceu em seu peito quando o viu pela primeira vez depois de todos aqueles anos. Ela procurou por vislumbres do jovem que ele tinha sido, mas não viu nenhum no severo conjunto de boca e olhar duros. Bem mais alto do que seu modesto metro e meio, ela moveu o olhar para cima, para o homem imponente com uma espessa camada de cabelo preto, extremamente bonito, com faces angulosas e nariz levemente curvado do soco que recebera de um Richard furioso. O olhar de Eloise permanecia no lugar vazio onde o braço dele já estivera, no casaco bem preso. A dor transpassou seu coração e ela comprimiu todo o pesar. Ele não acolheria nem mereceria esse sentimento inútil.

– Posso ajudá-la? – Lucien repetiu, com um tom agudo que lhe endireitou os ombros.

A ousadia dele. Eloise encontrou seu olhar de frente e depois congelou, com a boca seca. Suas vidas poderiam estar intrinsecamente entrelaçadas, mas seu olhar cinzento e penetrante, o mesmo que havia assombrado seus sonhos e pesadelos, pertencia a um estranho. E a agonia de perdê-lo, a alegria de estar com ele, tudo misturado, roubando seus pensamentos, a fala e o movimento. Eloise tocou os lábios com dedos trêmulos.

Lucien dirigiu um olhar severo para ela, de cima abaixo. Um arrepio a percorreu. Ela disse para si mesma que ele simplesmente não reconheceu a amiga do passado. Eloise registrou o lampejo de reconhecimento em seus olhos inteligentes e detestou que esse belo reencontro acontecesse nos degraus dianteiros da casa de um estranho, para que todas as pessoas passantes e entediadas pudessem ver.

– Eloise?

Ela conseguiu fazer um aceno com a cabeça. A felicidade cresceu em seu peito.

– Lucien. – Oh, como ela sentira a falta dele.

– Que diabos você está fazendo aqui? – Ele rosnou, sem o calor e gentileza que ela sempre conhecera.

Eloise olhou para Lucien sem pestanejar. Certamente ela o ouvira...

– Por Deus, eu perguntei que diabos você está fazendo aqui. – Ele a puxou pelo braço e sacudiu-a através da porta da frente.

Oh, meu Deus. Ela engoliu com força. Tivera anos para se preparar para esse momento e, no entanto, permanecia como era invariavelmente – sem palavras.

– Oh, Lucien – disse ela, a voz rouca de emoção. Ele soltou seu braço com tal rapidez que ela tropeçou. – É tão maravilhoso vê-lo. – Tinha mais saudade dele do que qualquer outra pessoa na vida. Deus a ajudasse, mesmo o marido, que tinha sido gentil e bom para ela, não tinha conseguido despertar a emoção inspirada por Lucien Jones. Subitamente, a alegria de vê-lo apagou os anos de decoro em seu papel de condessa. Ela se atirou nos braços dele.

Ele grunhiu e cambaleou sob o imprevisto do abraço dela. Sua estrutura larga e poderosa era mais musculosa do que ela se lembrava. Eloise chorou a perda daquele braço, e chorou com a necessidade dele envolvê-la como havia feito tantas vezes quando era uma garotinha, tão apaixonada por ele. As lágrimas inundaram os olhos de Eloise e ela piscou, não querendo que ele as visse e as interpretasse como sinais de piedade.

Com seu braço restante e a força do seu peito, ele a afastou.

– Que diabos está fazendo, Eloise? – Ele sussurrou.

Ela balançou a cabeça.

– Lucien – ela começou. – Sou eu – disse. Obviamente, ele podia ver que era, de fato, a Srta. Eloise Gage. Certamente não era a mesma criança gordinha de quem ele provavelmente se lembrava, na véspera de sua primeira temporada em Londres. Suas tranças louras, impossivelmente bem-feitas, eram as mesmas, assim como a marca de nascença solitária no canto do lábio. Ele costumava provocá-la impiedosamente por causa disso. Será que ele se lembrava da maldita marca?

Como se estivesse seguindo os pensamentos dela, seu olhar se deslocou para baixo, cada vez mais baixo, e se fixou naquela pequena marca. Um sorriso brincou com os lábios dela. Então a boca de Lucien tornou-se uma linha dura e imóvel. No canto esquerdo do olho, um músculo irritado insinuava seu descontentamento. Ela balançou a cabeça, sem compreender esse estranho distante. Ela tentou de novo.

– Lucien...

– Não me chame pelo nome, senhora. – Aquele comando afiado, mais adequado ao campo de batalha do que a um vestíbulo, saiu como um sussurro irritado. Ele disparou um olhar furioso sobre a intrusa.

Toda a sua alegria anterior foi substituída pela confusão, depois mágoa, e finalmente deu lugar a um incômodo efervescente. Ela ergueu as sobrancelhas em uma única linha.

– Como devo chamá-lo?

– A senhora não deve me chamar de nada.

Eloise recuou.

– Do que está falando? – Seu tom frio e distante era mais doloroso do que se a tivesse esbofeteado.

Era como se as palavras dela não penetrassem nas paredes que ele tinha construído sobre si mesmo durante aqueles anos. Com passos rápidos e ritmados, ele começou a andar sobre o rico chão de mármore italiano.

– Como descobriu o meu paradeiro?

Uma pancada no coração dela.

– Não queria ser encontrado? – Aquele sussurro fantasmagórico pertencia a ela? Mas a dor dessa possibilidade... oh, Deus, todos esses anos ela pensara nele, e, no final, ele não queria ser encontrado. Ela pressionou seus olhos bem fechados enquanto as botas pretas e brilhantes dele batiam em um ritmo estridente no chão. Durante anos, ela acreditara que ele tinha se retirado da vida dela em um esforço para evitar o pai. Seu relacionamento tinha ficado instável e prejudicado para sempre quando o visconde insistiu que o filho assumisse uma comitiva militar, em vez de se ordenar na igreja, como Lucien gostaria. Mas, agora, sabendo... – Você estava me evitando. – Todos esses anos, a jovem sentira saudade da amizade deles... Mas ela não tivera importância nenhuma.

Ele ignorou sua pergunta.

– O meu pai sabe que estou aqui?

Ela comprimiu os lábios em uma linha firme.

Lucien girou para trás e agarrou o ombro dela.

– Ele...?

– N... Não – ela gaguejou, e pela primeira vez o terror a encheu na presença daquele estranho sombrio e furioso.

Um pouco da tensão o deixou.

Talvez aquilo não fosse nada mais do que a rixa antiga entre o visconde Hereford e seu terceiro filho. Eloise levantou as palmas das mãos.

– Ele não sabe que você está aqui – ela assegurou, com suavidade. A jovem curvou os dedos dos pés firmemente, com culpa. Se esse homem frio e inabalável descobrisse que ela havia procurado por ele para que pudesse tentar trazer paz à sua família dividida, ele a teria atirado com facilidade pelas escadarias, desrespeitando todas as regras de decoro e amizade entre eles.

Lucien baixou a cabeça e ela se afastou do brilho gelado em seu estranho olhar cinza.

– Então. O quê... você... quer? – Perguntou ele, em um sussurro letal.

– Eu... – Ela molhou os lábios.

Ele seguiu aquele movimento, e, por um momento desesperado, ela imaginou que ele poderia beijá-la, o que era, naturalmente, bobo, porque Lucien nunca a havia desejado. Ele a amava. Cuidava dela... mas Sara tinha tomado seu coração. Eloise havia apenas conseguido sua amizade.

Os lábios dele recuaram em um escárnio ameaçador.

– Eu perguntei o que...

Só que, agora, parecia que ela não tinha conseguido nem mesmo isso.

– Lady Sherborne! – Seus olhares voaram para a marquesa de Drake. Ela desceu as escadas, a tranquilidade no rosto sorridente indicando que não tinha detectado as pesadas correntes de tensão entre eles.

– Por favor, me chame de Eloise – ela insistiu, ansiosa para olhar mais uma vez para o homem que desejava ver havia muitos anos.

Lady Drake parou diante deles.

– Oh, que esplêndido! Esperava a sua visita, Eloise.

Ela também. Eloise engoliu em seco.

Até aquele momento.

3

Eloise.

Lucien recuou, inquieto, sentindo-se como um ator inconsciente em um palco. E ele era o único que desconhecia suas falas.

Eloise.

Mas essa dama esbelta, gentilmente delineada com uma cintura fina e quadris bem desenhados, não tinha nenhum vestígio da criança com quem ele brincara pelos pastos de Kent. Como se o escrutínio dele a deixasse nervosa, ela baixou o olhar para o chão de mármore. Não, a Eloise de que ele se lembrava nunca tinha feito nada tão humilde como baixar os olhos. E ela era a Srta. Eloise Gage, uma amiga... Ele já tivera amigos verdadeiros?

A expressão comedida em seus olhos indicava que essa moça mais velha, mais madura, com cachos loiros apertados muito familiares, era muito... Eloise. Ela olhou para ele com coragem. Seu olhar verde azulado penetrante correu para cima e para baixo pelas formas dele. A fúria e a dor dançavam naquelas profundezas. Antes, Eloise tinha usado todas as suas emoções de forma tão simples, como se elas tivessem sido carimbadas com tinta nas linhas delicadas de seu rosto. Ele fechou a mão, apertando-a com força, ressentido com a insolência da jovem ao vir àquela casa. Ao entrar nessa nova vida que ele tinha esculpido para si próprio, em um mundo distante do inferno que tinha deixado para trás.

– Jones?

O tom preocupado da marquesa atravessou a chocante reaparição do passado em seu futuro sombrio. Meneou a cabeça com força.

– Senhora – respondeu, com dificuldade.

– Vamos tomar chá no salão rosa. Pode providenciar um refresco?
– Com isso, ela deu o braço a Eloise e levou a jovem esbelta, com seus sapatos silenciosos, pelo chão de mármore. Ele olhou para elas, até que desapareceram na sala de estar.

Lucien esfregou a mão sobre os olhos. O soquete do braço vazio, cortado no cotovelo, coçou com a memória do movimento. Ele desejava esfregar ambas as mãos sobre os olhos e então afundar os dedos na têmpora até voltar do sonho, inferno, ou da realidade de tudo aquilo. Talvez fossem os três num só.

Ela estava ali. O que ela fazia ali?

Ele baixou o braço para o lado e franziu o cenho. Com quem ela se casara? *Lady Sherborne*. Antes de seu pai ter comprado sua maldita incumbência para a infantaria, Lucien não tinha passado muito tempo em Londres. Ele estava tão profundamente enfeitiçado, mente, corpo e alma, pela gentil e serenamente linda Sara, que não tomara parte nas diversões insanas daquela temporada. E, como terceiro filho, a ele haviam sido concedidos certos luxos, tais como permanecer no campo, enquanto seu irmão mais velho, o herdeiro do visconde Hereford, era esperado para dançar nos eventos da sociedade.

De seu lábio escapou um escárnio involuntário. *Certos luxos*. Que piada ridícula. A reentrada de Eloise em sua vida tinha libertado todas as lembranças mais sombrias que ele queria enterrar: suas aspirações, os objetivos do pai para ele, e o triunfo final do maldito visconde. *Que o maldito apodreça no inferno.*

Lucien fechou os olhos e respirou várias vezes, lentamente; um mecanismo calmante que adotara ao longo dos anos, quando as lembranças se tornaram particularmente difíceis de suportar. Cavou fundo e procurou dentro de si a força para escalar o poço e voltar ao presente.

Eloise. Lady Sherborne.

A marquesa de Drake.

Refrescos.

Chá. Sim, elas pediram chá.

Ele percorreu a casa com passos rígidos, concentrando-se na tarefa. Os refrescos eram fáceis. Um riso horrível e sem alegria subiu por sua garganta.

Talvez não tão fácil com um braço e meio, mas algo que ele agora realizava com facilidade suficiente para não confiar a outros aquela simples tarefa.

Ele marchou pelo corredor até a cozinha. A criadagem se voltou para vê-lo.

– Refrescos – ladrou, a voz ainda rouca pela falta de uso.

Alguns criados apressaram-se para preparar uma bandeja para a marquesa e sua convidada. *Convidada*. Sim, era muito mais fácil pensar na dama de olhos magoados como uma mera convidada e não como a garota que tinha pescado e nadado ao lado dele e de seu irmão, Richard, nos campos de Kent. Mas se lembrar da antiga Eloise obrigava-o a pensar no dia em que, cedendo aos apelos do pai, aceitara aquela maldita missão, deixando a esposa e entrando no palco europeu criado pela fome de poder de Boney.

Uma criada correu para a porta com a bandeja.

– Eu cuido disso – ele anunciou.

O bando de criados da cozinha arregalou os olhos. Ela hesitou e depois lhe entregou a bandeja.

Logo aprenderiam a não questionar suas capacidades ou habilidades. Ele facilmente apoiou a bandeja de prata em seu braço direito, estável, forte, firme, e na parte do braço esquerdo. Com passos seguros, foi até a porta. Um criado discretamente a manteve aberta para que Lucien saísse da cozinha. A cada passo que o levava mais perto de Eloise, ele endurecia seu coração, não se permitindo pensar no que a trouxera até ali.

Ele se lembrou da irritante amiga que ela tinha sido quando criança, o suficiente para saber que aquele não era um encontro inesperado com a marquesa. Em vez disso, optou por se concentrar nessa estranha desconhecida que havia substituído a frequentemente corada e tímida Eloise Gage.

Ela se casara com um nobre. Lorde Sherborne. Ele esperava que o maldito tivesse sido possuído por um espírito tolerante e paciente. A Eloise que Lucien conhecia tinha a tendência frequente de se ver em toda sorte de apuros. O rapaz percorreu o corredor. Por Deus, ele não tinha a intenção de permitir-se ser a sua última espécie de apuro.

Ele parou do lado de fora da porta aberta da sala de estar. Um riso silencioso, rouco, familiar e ainda mais doloroso por aquela familiaridade foi despejado sobre ele. Lucien fechou bem os olhos, não querendo se impor-

tar que Eloise tivesse rido da mesma maneira que fazia quando menina e...
A mente dele acelerou. Ela devia ter 27 anos. Não... Ela fizera aniversário dois meses antes, no dia 24 de janeiro. Teria 28 anos agora.

E ele odiava se lembrar daquela parte dela, porque isso significava que não era tão indiferente a Eloise quanto imaginava.

–...lamento imensamente – disse Lady Drake, afetuosa.

Os ouvidos dele se aguçaram.

– É... – O restante das palavras de Eloise lhe escapou.

Deus o ajudasse. Se algum dos funcionários visse o mordomo, o membro mais distinto dos empregados da casa, rondando a porta, escutando como um idiota, o marquês provavelmente o despediria com um bom motivo. Mas ele permaneceu no lugar.

–...não consigo imaginar a perda...

O estômago dele apertou. *Que perda?* E, pela primeira vez desde que abandonara a posição mais respeitável e honrada de terceiro filho de visconde, ele condenou a divisão de classes que obscurecia a verdade e o restante desse pensamento. *O que acontecera a Eloise?* Depois de ter voltado e descoberto a morte da esposa e de um filho de que só tinha tido conhecimento nas páginas das cartas que lhe foram entregues no campo de batalha, Lucien retirou-se para Londres, meio morto, debilitado como um cão perdido pelas ruas, contente por morrer. Não tinha pensado em Eloise. Ou...

A bandeja balançou no braço. Ele amaldiçoou silenciosamente a prata barulhenta. As senhoras calaram-se. Um rubor subiu pelo pescoço. Lucien entrou na sala.

– Senhora – disse, em tom firme.

A sua senhora, a benevolente Lady Emmaline Drake, tinha-o conhecido quando ele fora internado no Hospital de Londres. Ela tinha sentado a seu lado e lido para ele, ignorando seu mau humor, permanecendo dedicada. Assim, ela não deixara transparecer que estava incomodada com seu tom grosseiro e áspero de soldado.

A marquesa sorriu.

– Obrigada, Jones. Pode colocar aqui.

– Jones?

Lucien quase virou a bandeja diante da pergunta perplexa de Eloise.

Lady Drake moveu-se na sua direção.

– Jones, meu...

Eloise abriu a boca, provavelmente para corrigir o erro da marquesa. Ele lançou a ela um olhar ameaçador, levando-a ao silêncio. As palavras secaram e morreram nos lábios dela. A jovem franziu o cenho, embora o leve estreitamento de seus olhos indicasse que tinha pouca intenção de deixar o assunto descansar.

Ele continuou olhando para ela. Lucien não tinha nenhuma intenção de dar à jovem teimosa a oportunidade de lhe fazer perguntas na frente de sua patroa.

– Há mais alguma coisa que lhe possa trazer, senhora?

A marquesa inclinou a cabeça.

– Não... isso é tudo.

Com uma grata e silenciosa expiração de ar, ele partiu para a porta, quando as palavras de Eloise a Lady Drake o congelaram no meio do caminho.

– Suponho que *Jones* – Lucien cravou o olhar, sem pestanejar, na parede vermelha do corredor. *Não diga* – não tenha mencionado que nos conhecemos na infância. – Claro, Lucien devia conhecer Eloise o suficiente para saber que ela nunca seria reservada só porque ele desejava. Deu uma olhadela por cima do ombro. Eloise levantou o queixo. As palavras eram dirigidas à marquesa, mas o olhar se mantinha sobre ele. – Éramos grandes amigos.

Tinham sido. Nisso a jovem dissera a verdade. Quando era mais moço, ele não via utilidade nas meninas. O pai exigira que ele e Richard divertissem a filha solitária do amigo, a pequena Eloise. Como qualquer garoto de sete anos com essas instruções, levara pouco tempo para Lucien descobrisse que ela era diferente de qualquer garota que ele conhecia. Adorava cuspir, pescar e colocar iscas nos próprios anzóis. Ela era perfeita para um garoto de sete anos.

Lady Drake arregalou os olhos.

– Verdade? – Um sorriso satisfeito iluminou seus olhos castanhos. Ela acenou. – Jones, não se apresse! Por que você não mencionou esse fato?

– Oh, tenho certeza que é porque ele é tão dedicado a seus serviços que nunca faria algo tão impróprio, como reavivar uma velha amizade, se de alguma forma comprometesse suas obrigações com a casa, senhora. –

Teria de ser tão surdo como uma velha viúva para não ouvir a pontada de um ferrão nas palavras dela.

Ele hesitou, olhando a porta com o mesmo anseio que um homem com um vício em bebida sentiria por um copo de uísque.

– Não se atreva a sair – protestou Lady Drake, um sorriso em seu comando gentil.

Lucien virou-se completamente. Lançou uma carranca sombria para Eloise, com um olhar que teria murchado homens mais fortes. Ela ergueu o queixo mais um pouco.

– Já passou tanto tempo, Emmaline. – Ela baixou a voz para um sussurro quase conspiratório. – Sabe, acreditei por um momento que o Sr. Jonas... Jones não se lembrasse de mim. – Um riso forçado passou pelos lábios dela.

Ele franziu o cenho. Quando é que Eloise aprendera a arte do riso falso e dos sorrisos delicados? Por mais que ele detestasse o reaparecimento dela em sua vida, odiava ainda mais que aquela inocente e amável Eloise, com a marca de nascença intrigante no canto do lábio, tenha sido endurecida pela vida.

– Devo voltar às minhas obrigações, senhora – disse. Ele nunca tinha sido um daqueles que imploram. Entretanto, desde o momento em que o cirurgião tomara a decisão de cortar a porção inferior de seu braço esquerdo, ele não pedira mais nada a ninguém. Se tivesse implorado a seu pai, implorado pela posição na igreja em vez de uma maldita missão, Sara estaria viva. Neste momento ele queria implorar para sair, deixando as duas senhoras ali.

– Oh, simplesmente não deve, Jones! – Uma ordem mais fraca sublinhou as palavras da marquesa e ele xingou em silêncio, sabendo que toda a esperança de fuga tinha sido efetivamente eliminada pelos pedaços de seu passado que Eloise pendurara diante de sua senhora.

Eloise desviou os olhos, sem querer encontrar o olhar dele. Ótimo, a jovem deveria estar aterrorizada. Ela não brincara com o mesmo rapaz que tinha corrido pelas colinas de Kent. Não, Eloise não conhecia o homem em que ele tinha se transformado. Ela só se lembrava do rapaz que julgava conhecer. Aquele com quem rira e amara.

Ele mudou o apoio de pé, muito consciente da diferença de posição entre ele e aquelas senhoras. E odiava que Eloise lhe tivesse lembrado de que ele nem sempre tinha sido um serviçal. Porque não havia nada de desrespeitoso no trabalho honesto e árduo. Claro que o visconde nunca o veria dessa forma. Ele sorriu. Essa seria a derradeira vingança sobre seu vil senhor.

– Tenho assuntos domésticos para tratar, senhora – ele tentou de novo. Foi o mais perto que esteve de implorar.

Algo refletiu nos olhos de Lady Drake. Possuída de um coração mais bondoso do que a maioria dos membros vaidosos e de cabeça vazia da sociedade, ela viu além. A senhora deve ter visto algo na expressão dele, pois inclinou a cabeça e o riso diminuiu em seus olhos.

– Claro, Jones.

Ele esboçou um sorriso e, sem olhar para trás, para Eloise, quase saiu correndo da sala, com o mesmo sentimento de libertação e alívio que experimentou quando fugiu de Kent depois de saber da morte de Sara.

4

Eloise tentou sorrir, arranjar uma resposta adequada e um diálogo para a amável e calorosa marquesa, que tinha sido tão generosa em recebê-la, quando ninguém na sociedade realmente a convidava para nada.

Ela tentou. Com esforço. Mas falhou, lamentavelmente. Muito desesperadamente. Eloise aceitou a xícara de chá, agradecida por ter algo para segurar nos dedos ligeiramente trêmulos. Levantou a xícara morna até os lábios e bebeu, o tempo todo ciente do olhar curioso da marquesa sobre ela. A jovem bebeu mais um gole.

– Espero que você saiba – a marquesa começou e Eloise congelou, a borda da delicada porcelana pressionada contra seus lábios – que eu nunca me atreveria a pressioná-la por detalhes a que não tenho direito.

Os músculos de sua garganta funcionavam espasmodicamente. Ela conseguiu assentir, mas temia que, se dissesse qualquer coisa em agradecimento, a outra mulher detectaria o tremor em suas palavras.

Emmaline levantou a bandeja de doces.

– Tenho uma fraqueza vergonhosa por torta de cereja.

Eloise agarrou-se à mudança de discurso oferecida e pousou a xícara de chá.

– Mas quem não tem? – Ela retirou um dos doces da bandeja e a marquesa colocou a travessa pequena sobre a mesa de mármore.

As duas compartilharam um sorriso e ficaram em um silêncio amigável por um longo tempo, mordiscando suas respectivas tortas.

A marquesa foi a primeira a quebrar o silêncio.

– O nosso encontro não foi necessariamente casual, certo? – Não houve nenhuma repreensão, nenhum choque ultrajante nessa pergunta, sentimentos a que a mulher tinha direito.

A sobremesa desfez-se em cinzas na boca muito seca de Eloise. Ela engasgou com a mordida e pegou a xícara mais uma vez, bebendo um gole.

Emmaline esperou pacientemente. Com base no que se dizia sobre a marquesa, uma jovem que tinha sido prometida quando criança e esperou quase vinte anos o herói de guerra Lorde Drake retornar, ela era muito hábil em esperar.

Eloise suspirou, humilhada, não pela primeira vez.

– Não – ela admitiu, envergonhada pela descoberta da mulher. – Me desculpe. – Quão inadequado era esse pedido de desculpas para essa mulher, que não tinha sido nada mais que gentil, quando a maioria dos membros da elite geralmente não era nada além de friamente educada com Eloise. Ela virou o olhar para a entrada da sala, mas, é claro, ele não estava lá. Lucien tinha responsabilidades, e Eloise nunca fora uma delas. Apertou os dedos em torno da xícara até sentir dor.

Como se sentisse sua inquietação, Emmaline colocou os dedos na mão de Eloise e aliviou a pressão sobre a frágil xícara.

– Não precisa me pedir desculpas – garantiu. – De verdade. – Ela piscou. – Imagino que não tenha planejado um encontro comigo com propósitos maléficos.

– Oh, não, de fato não. Eu... oh... – O calor espalhou-se em seu rosto ao ver um brilho provocante nos olhos de Emmaline. – Está caçoando de mim.

– Sim. – A outra sorriu. – Como deve saber, não há oportunidades suficientes para uma boa brincadeira.

– Oh, sei disso – ela murmurou, respirando com dificuldade. No momento em que entrara no mundo deslumbrante da sociedade bem-educada, tinha passado a apreciar quão estáveis, rígidos e geralmente desagradáveis eram seus membros, especialmente na presença de mulheres jovens como Eloise, que não era provida de conexões familiares muito distintas.

– Perdoe-me – a marquesa murmurou. – Prometi não pressioná-la por respostas e no entanto estou fazendo justamente isso.

Eloise balançou a cabeça.

– Não, não está. – Ela enrugou o nariz. Ou talvez a mulher tivesse inadvertidamente procurado respostas para perguntas sobre o homem chamado Lucien Jonas, ou, como ela o conhecia, Jones. – Não senti que estivesse – acrescentou, tranquilamente.

Todo o tempo ela se perguntava, com um humor seco, o que diria o pomposo e sempre adequado visconde Hereford ao saber que seu filho havia alterado o sobrenome. Isso seria provavelmente o último prego no declínio acentuado do visconde fracassado.

O que apenas lembrou Eloise da busca desesperada que havia feito por Lucien e da descoberta que a levara ao Hospital de Londres. Olhou para as palmas das mãos, hipnotizada pela cicatriz crescente na parte interna do pulso, lembrando-se do dia em que recebera aquela marca em particular. Relutantemente, levantou a cabeça.

– Tem razão. Eu... – Suas bochechas queimaram de vergonha. – Procurei-a com informações que obtive de um empregado seu. – Ela encolheu-se. O orgulhoso, poderoso e nobre Lucien havia abandonado a vida de conforto que conhecia e, pela fúria em seus olhos despertada pela reentrada dela em sua vida, ele assumira essa nova vida.

Emmaline levantou a mão.

– Não precisa me dizer mais nada – disse ela calmamente.

Eloise preparou-se para a dura desaprovação... que não veio.

A marquesa arrastou um dedo distraído pela borda da xícara, repetidamente. Ela realizou o movimento várias vezes, com o olhar voltado para dentro. Depois fez uma pausa, o dedo indicador no centro do aro.

– Sabe como conheci o Sr. Jones?

O coração de Eloise falhou.

– Não – ela respondeu entre os lábios tensos, desejando um pedaço dos anos perdidos de sua jovem vida e temendo as palavras que a mulher poderia transmitir. O Hospital de Londres, fresco, limpo, mas solitário, brilhava atrás de seus olhos. Homens destroçados e tristes em suas camas. Os músculos em seu estômago se contorceram com pensamentos sobre Lucien, tão solitário e sombrio quanto o tenente-capitão.

– Ele era um paciente do Hospital de Londres – Emmaline finalmente respondeu.

A jovem lutou contra uma onda momentânea de arrependimento por já conhecer alguns fatos. Eloise limpou a garganta e olhou culposamente para a porta, detestando fofocas, mas aquilo era diferente. Não era? Voltou sua atenção para a marquesa.

– Como ele se comportava? – Sua voz emergiu como um coaxar rouco. Por favor, diga que ele era um dos charmosos e sorridentes, como o soldado para quem Emmaline tinha lido na tarde anterior.

Uma luz triste iluminou os lindos olhos castanhos da mulher, e o nó no estômago de Eloise cresceu.

– Ele era... sério. Quieto.

O coração dela bateu em espasmos. Claro que sim. Ele tinha voltado da guerra para encontrar sua esposa e o filho, uma criança que nunca vira, mortos. Eloise fechou bem os olhos. Ele a culparia se soubesse a verdade? Ele saberia que ela havia falhado com Sara e Matthew e, ao fazê-lo, falhara com ele? Como não poderia culpá-la?

– Não sei se está ciente das perdas que ele sofreu...

– Estou ciente – respondeu, a voz dura de emoção. Eloise tossiu. – Perdoe-me por interromper.

Emmaline inclinou a cabeça e estudou-a. Sob o olhar da marquesa, Eloise moveu-se no lugar. Só quando o grande relógio afastou os momentos de silêncio, a determinação que a tinha levado a viver aqueles últimos seis meses agitou-a com renovado vigor. Ela sabia que, quando finalmente encontrasse Lucien e apresentasse a verdade sobre as circunstâncias de seu pai, ele provavelmente rejeitaria de forma definitiva o pedido dela para voltar a Kent, para o convívio de sua família. No entanto, ela havia acreditado com todas as fibras de seu ser que poderia convencer Lucien a ver seu pai e irmãos e novamente conhecer uma perspectiva de paz – a paz que eles tinham antes que a vida lhes mostrasse as crueldades da existência.

Foi essa determinação que lhe permitiu levantar a cabeça e encontrar o olhar da atenta Emmaline.

– Não me compete discutir as circunstâncias do passado de Lucien... – Ela começou – do Sr. Jonas... Jones. No entanto, tenho notícias da família dele. – Notícias que ele preferiria nunca se preocupar em ouvir.

– E eu não me perdoaria se, de alguma forma, não conseguisse reuni-lo com sua família. – Ela sabia disso porque tinha sofrido demasiadas perdas em que as palavras ficaram inacabadas, as promessas incompletas. Lucien poderia acreditar que nunca se moveria em um mundo com nada além de raiva e ressentimento pelo pai ter lhe enviado naquela missão. Mas esse tempo viria... e ele merecia esse desfecho.

Emmaline encostou a palma da mão na boca.

– Oh, meu Deus – disse ela, suavemente.

Sim, a perda do marido tinha mostrado a Eloise que nunca havia palavras adequadas para captar um nível apropriado de compaixão por uma morte iminente. Eloise ansiava por partilhar o fardo que carregava havia tantos anos, mas tinha estado sozinha durante tanto tempo que se esquecera de como era falar de forma livre. Infelizmente, depois de seu casamento com Colin, tinha sido empurrada para uma sociedade que não valorizava nem acolhia palavras honestas e verdadeiras.

Assim, os segredos que carregava, os mesmos que assombravam seus sonhos e dias, permaneceram firmemente enterrados sob a superfície, sem serem vistos por ninguém, sofridos apenas por ela.

– Seja lá o que for que você ou... – Emmaline olhou para a porta – o Sr. Jones precisem, não hesitem em pedir.

Foi uma oferta graciosa e sincera de uma mulher igualmente sincera.

– Obrigada – Eloise respondeu. Mas não podia abusar da bondade daquela mulher mais do que já tinha feito. Qualquer outra nobre teria sido expulsa após ter, claramente, orquestrado um encontro com seu principal empregado. Eloise terminou o chá, pôs a xícara em cima da mesa e levantou-se.

Emmaline imediatamente seguiu seu exemplo.

– Prometa que voltará a me visitar. – Uma faísca misteriosa refletiu em seus olhos.

Eloise arregalou os olhos com uma compreensão súbita. E por um momento, as duas, praticamente estranhas, forjaram um laço como duas damas que, de acordo com o que ela havia colhido das colunas de fofocas, tinham desenvolvido um respeito mútuo inesperado. Ela assentiu ligeiramente.

– Obrigada. – Fez uma pausa. – Por tudo.

Emmaline inclinou a cabeça, e, com um último sorriso, Eloise seguiu para a porta e então congelou. Ela se voltou novamente para a marquesa.

Uma pergunta refletiu nos olhos de Emmaline.

– Minha visita ao hospital não foi apenas para... – Ela corou. – Marcar um encontro com a senhora. – Ela precisava ver o lugar que Lucien tinha chamado de lar durante tanto tempo. Precisava conhecer a vida dele depois da guerra e de Sara e Matthew. E odiou o vislumbre que teve do mundo dele. Todas essas palavras ficaram por dizer.

– Eu sei – disse Emmaline, simplesmente. Ela atravessou a sala e tocou a campainha. – Eu poderia afirmar isso com um simples olhar para você no Hospital de Londres.

Eloise franziu a testa.

– Como...? – As palavras nos lábios dela morreram quando Lucien apareceu.

Emmaline sorriu.

– Jones, por favor, acompanhe Lady Sherborne até a porta. – Ela manteve o olhar em Eloise. – Mais uma vez, estou ansiosa por sua próxima visita.

5

Ele sempre possuíra pernas longas e vigorosas. Injustamente longas, ela sempre dizia, quando menina. Ele sempre correra mais rápido do que ela, uma vantagem injusta que se tornava ainda maior pelas saias que ela vestia quando era pequena.

Eloise rangeu os dentes, apressando os passos para acompanhar o ritmo acelerado que ele tinha estabelecido para ambos. Lucien seguiu propositadamente através da enorme casa. Ela parou e esperou que ele notasse sua ausência.

Ele virou à direita no fim do corredor.

Cheia de irritação com a arrogância dele, Eloise bateu com a ponta da sapatilha no fino tapete vermelho e cruzou os braços no peito.

Lucien voltou, com uma expressão irritada no rosto.

No olhar ameaçador já conhecido sobre ela, o desejo de fugir desse estranho feroz e impetuoso a consumiu. Eloise cravou os dedos dos pés no tapete, recusando-se a ser intimidada. Este era Lucien, e ele se aproximava. Todos os vestígios da pessoa sorridente que ele tinha sido, do rapaz que a ensinara a colocar isca nos anzóis e pescar, tinham desaparecido.

Ele parou com um metro e meio de espaço entre eles.

– Senhora.

Eloise olhou para os lados, fingindo procurar Lady Emmaline antes de dizer:

– Está se referindo a mim?

– Como quer que eu me dirija à senhora? – Ela recuou diante do tom grosseiro do discurso dele. Tinham desaparecido os tons suaves, e polidos e educados do filho de um nobre. – O quê? – Ele provocou. – Quer saber o que aconteceu ao cavalheiro de quem se lembra?

– Sim – disse ela, com uma franqueza que o congelou momentaneamente. Ela levantou uma sobrancelha. – Diga. Certamente não imaginou que eu não notaria essa transformação em você. – Uma transformação da qual ela não gostou, mas que certamente entendeu. Quando a vida rouba a inocência de alguém e o apresenta à feiura, ou você se fecha em si mesmo ou permite que ela te destrua. E ela se fechou. Eloise passou o olhar triste de cima abaixo em seu amado amigo. Lucien tinha sido destruído.

Ela sacudiu o frio desse pensamento. Não, ela precisava acreditar que ainda havia...

– Vejo o seu olhar – provocou ele. – Sei o que está pensando.

– É mesmo? – Ela devolveu, sem saber onde encontrara coragem para atirar uma réplica em seu rosto lindo e frio.

– Quer saber o que aconteceu comigo. – Ele continuou como se ela não tivesse falado. – Você vê o rapaz da sua juventude. O filho de um visconde.

Ela perdeu o fôlego.

– Isso não é justo – as palavras infantis saíram dos lábios dela, sem serem ouvidas, sem serem apuradas. – Nunca me importei com isso, Lucien – retrucou, ferida pela acusação. – Nunca me importei se você era...

– Um nobre ou um criado – ele completou, seus lábios enrugados num sorriso zombeteiro.

Ele agora a via como uma senhora. Uma senhora que certamente valorizava sua nova posição e provavelmente desprezava a vida que ele tinha construído como empregado. Ele havia desaparecido muitos anos antes. Mas, não sabia que ela tinha penetrado em um mundo radiante ao qual nunca, jamais, pertenceria verdadeiramente. Casar-se com um conde não transformara a jovem, que não tinha saído do campo até os dezoito anos, em uma dama ou anfitriã. Apenas fez dela uma condessa.

Eloise deu um passo.

– Você acha que eu o julgaria por ser um criado?

O corpo dele enrijeceu com a pergunta.

Ela avançou em direção a ele. Lucien também tinha vontade de fugir? O homem que ela conhecia possuía coragem demais para ser capaz disso.

Eloise parou com o espaço de um simples fio de cabelo entre eles. Inclinou a cabeça para trás e olhou para a forma alta e poderosa dele.

– Nunca fui essa mulher, Lucien. Você pode desprezar a minha presença aqui, mas sabe disso. E você pode ser mau, rancoroso e ferido, mas não é mentiroso. – Eles estavam tão próximos que ela detectou o leve, quase imperceptível, estreitamento de seus olhos cinzentos de aço.

Ele sempre fora assim tão aterrador? Ela engoliu com força e, quando ele permaneceu em silêncio, ela perguntou:

– Eu disse mau?

– Sim. – A sombra de um sorriso apareceu em seus lábios firmes e definidos.

Ou será que ela apenas imaginara o pequeno sorriso lá? Ela levantou o queixo.

– Porque você é. *Mau.* – Despejar essa carga inútil nele não eliminou nenhum mal-estar em torno dessa nova e mais difícil versão do jovem que ela se lembrava.

– E rancoroso – apontou ele.

Não lhe passou despercebido que ele tinha omitido a palavra-chave: *ferido*.

– Pareceu valer a pena mencionar duas vezes – ela respondeu, sua voz ficando ofegante com a consciência da presença dele.

O peito de Lucien se moveu para cima e para baixo, em respirações rápidas e profundas. Lentamente, ele deixou cair o olhar sobre a boca de Eloise. Alguma emoção flamejou nos olhos dele. O coração dela bateu violentamente. *Ele me deseja.* Ou eram apenas os seus próprios anseios? Então, Lucien moveu os olhos para baixo e fixou seu olhar no decote dela. Ela fechou os olhos por um momento. Havia um lugar reservado no inferno para ela, porque ali ela não se importava que o coração dele tivesse morrido com Sara. Ela o desejava e nunca se perdoaria se passasse pelo resto de sua existência solitária sem nunca conhecer o gosto dele.

Eloise ficou na ponta dos pés.

O corpo se endireitou.

– O que está...?

Ela encostou seus lábios nos dele, beijando-o como tinha desejado por muitos anos, e, então, como no sonho que sempre carregara, os lábios dele relutantemente encontraram os dela, hesitantes.

Mas ele não se afastou. Encorajada, Eloise colocou os braços em volta do pescoço dele, entrelaçando os dedos nos fios grossos e pretos do cabelo macio e sedoso.

– Lucien – ela sussurrou contra seus lábios. *Senti sua falta*. Mas, se ela dissesse essas palavras, ele se afastaria.

Lucien se retesou ao ouvir seu nome, e então passou o braço em volta dela, aproximando-a. Ele inclinou os lábios sobre os dela. Desapareceu a faísca de calor, substituída pelo fogo ardente. Ele tomou sua boca de assalto e ela acolheu a rápida e quente invasão, enquanto encontrava seu ousado impulso e se entregava.

Ele recuou e Eloise gemeu de pesar, mas ele simplesmente arrastou os lábios pela lateral de sua face.

– Lucien – ela implorou. As palavras pareceram ter o mesmo efeito que uma baioneta perfurando a pele dele.

Ele puxou o braço para longe e recuou... um passo, dois, três, olhando para ela como se fosse uma serpente de duas cabeças que viera para destruí-lo.

– O que faz aqui? – Perguntou ele.

A verdade pairava nos lábios dela – a promessa que ela fizera ao irmão dele, Richard. Não, isso não era verdade. Se ela não conseguisse ser honesta com ele, pelo menos conseguia ser honesta consigo mesma. *Eu te amo*.

– Eu...

– Você encontrou um homem com um título, não foi, Ellie? – Ele perguntou, usando seu apelido de menina, embora não fosse tão quente ou provocante quanto antes. – O que diria Lorde Sherborne à sua esposa, vendo-a beijar o criado da marquesa e do marquês de Drake? – Suas palavras, cruéis e zombadoras, açoitaram o coração dela.

Eloise puxou o tecido do vestido.

– Meu marido está morto – ela revelou.

Lucien abriu e fechou a boca. Abriu mais uma vez.

– Eu não sabia – disse ele, envergonhado, com a voz de um estranho, não como o amigo gentil que já tinha sido.

Eloise encolheu os ombros, fingindo indiferença, embora sentisse tudo menos isso. A tensão percorreu seu corpo, depois daquele beijo, afinal, mesmo sendo daquele homem sombrio e inflexível.

– Como você saberia? – Perguntou ela suavemente. O homem que ele fora um dia a teria levado nos braços e a aconchegado, permitindo que ela chorasse, e a ajudaria a diminuir, se não conseguisse apagar completamente, culpa que a perseguia. – Você foi embora. – *E me deixou... Como se eu fosse tão culpada quanto o seu pai por aquela maldita missão.*

O homem que ele era agora não fez nada disso. A dureza de seu rosto permaneceu como uma máscara impenetrável, como se ela fosse um incômodo de que ele ficaria feliz em se livrar.

– Não deveria estar aqui – disse ele, com a voz dolorosamente distante. Ele golpeou o ar com a mão. – Construí uma vida para mim e não vou voltar à vida de um cavalheiro preguiçoso.

Ela cruzou os braços sobre peito para afastar o frio dos olhos dele, sem saber onde encontrou forças para dizer:

– Não, Lucien. *Você* não deveria estar aqui.

Ele baixou a cabeça, ficando tão perto que ela conseguia sentir o hálito de café e hortelã que vinha dele.

– Por quê? Não há valor no trabalho que faço? – Ela se fixou no único cheiro familiar, um cheiro estranho, porque era mais fácil do que focar nos olhos dele.

Então não foi nisso que ele se transformou? Dois homens juntaram-se numa pessoa que era ao mesmo tempo estranha e amiga?

– Eu nunca disse isso – ela rebateu, firmemente. – Eu não o julgaria...

Ele bufou.

Eloise enterrou um dedo na parede dura do peito dele e Lucien grunhiu.

– Muito bem. Vou ser honesta com você, mesmo que você não tenha sido honesto comigo...

– Como é que eu não fui honesto?

– Você se escondeu de mim. – Suas faces aqueceram com o olhar velado que ele lhe deu. – De sua família. – Ela corrigiu apressadamente. – Onde está a honestidade nisso?

As bochechas dele ficaram vermelhas, salpicadas de culpa.

Ótimo. Ele devia ter vergonha da forma como a excluíra de seu mundo.

– E, quando o encontro, você não passa de uma fera brutal que não reconheço.

– Isto é quem eu sou – ele cuspiu. Ele responderia a isso, então. E por quê? Era essa a resposta mais segura? Do que é que ele tinha se escondido?

Ela balançou a cabeça, deslocando um cacho loiro, que caía descontrolado sobre a testa.

– Não. Não, não é. – E, porque tinha cavado fundo para encontrar coragem para desafiá-lo, ela prosseguiu. – Você é o filho do visconde de Hereford – lembrou ela.

A ligeira rigidez de seu corpo indicava a tensão volátil que o atravessava, mas, maldição, ela esperou anos para lhe dizer o que tinha a dizer.

– E isso importa porque ele é um nobre.

– Importa porque ele *é seu pai*.

– O meu pai está morto. – Ele falou em um tom tão sombrio que o corpo dela gelou.

– Não, não está – ela respondeu, quando finalmente conseguiu falar. Eloise mordeu o interior da bochecha para não dizer que em breve ele estaria morto. Em sua fúria, essa verdade provavelmente não faria diferença para Lucien.

Eloise tentou alcançar as mãos dele e congelou enquanto registrava tardiamente a perda daquele membro precioso. Uma dor intensa pressionou seu peito, mas ela enterrou aqueles sentimentos fúteis. Ele nunca aceitaria ou acolheria a piedade dela, e, de qualquer maneira, ele merecia mais do que aquelas emoções inúteis.

– Está na hora de você voltar à vida que deixou. Para seu pai, seus irmãos. – *Para mim*.

Um sorriso frio e sem alegria manchou seus lábios, uma representação cruel que dizia que ele tinha notado o passo errado dela.

– Não aprova a minha nova posição, Eloise?

Ela pegou a mão restante dele entre as dela e ignorou o estreitamento quase imperceptível de seus olhos.

— Eu nunca, nunca rebaixaria o trabalho que você faz. Acho que é admirável. — Quantos cavalheiros abandonariam as comodidades conhecidas, mesmo como terceiro filho, e em vez disso abraçariam uma vida de servidão? Aquele era o homem de caráter que ele sempre fora, o homem por quem ela se apaixonara. Eloise virou a palma da mão, grande e calejada, uma mão que não pertencia mais a um cavalheiro. Diferente, e ainda assim, a mesma. A mão que a tinha segurado quando ela saltara de uma árvore de bétula, caindo no lago na propriedade de seu pai. A mesma mão que tirara as farpas dos dedos dela quando Eloise caíra sobre um arbusto de espinhos.

— Eu não preciso de suas mentiras ou frases feitas — ele falou no silêncio, e, relutantemente, ela soltou sua mão. Lucien olhou para trás e para a frente, claramente registrando o lugar em que eles discutiam assuntos íntimos. Ele tensionou o maxilar e abriu os braços: — Se veio até aqui por mim, então não volte. Deixe-me viver agora como eu quero.

Eles se estudaram em silêncio; ele friamente distante, ela buscando sinais do passado, gravados nos traços duros de seu rosto.

Ela tocou seu rosto com as pontas dos dedos.

— Você nunca foi preguiçoso. Você era... — Gentil. Cuidadoso. Amoroso. Todas as coisas boas. — Nunca foi preguiçoso — repetiu, sabendo que ele rejeitaria suas palavras de apreço. Ela pressionou a ponta dos dedos contra os lábios dele e cortou qualquer resposta maldosa que ele pudesse lhe dar. — Está na hora de voltar para casa.

Com isso ela marchou pelo corredor, ele andando silenciosamente atrás dela, mais uma vez como estranhos.

6

Lucien olhou para as amplas portas duplas fechadas que Eloise tinha acabado de atravessar. Tinha confiado em sua intuição para servir durante os quatro anos que passara no continente. Na única vez em que não usou sua intuição, viu a baioneta de um francês na carne de seu braço esquerdo. Foi uma ferida que, ironicamente, acabou apodrecendo *depois* de ter voltado da batalha. A perda desse braço o havia ensinado os perigos de não confiar em seus instintos.

Foi essa mesma instintividade que indicou que havia mais em jogo no fato de Eloise estar ali. Agora. Algo tinha trazido Eloise para sua vida, *mais uma vez*.

E se ele se lembrava da criança sorridente com as bochechas avermelhadas pelo sol e uma tendência infeliz para repetir qualquer coisa que ele e seu irmão, Richard, tivessem dito, seria sábio em ser cauteloso com a mulher que ela se tornara.

Ele sacudiu a cabeça e começou a andar pelo corredor, com o pensamento em Eloise e sua maldita e perfeita boca, o beijo audacioso gravado em sua mente. O corpo dele ainda tinha a sensação quente dela em seus braços. Lucien atribuíra a onda de desejo que ainda pairava sobre ele ao fato de não ter tido uma mulher desde que deixara sua esposa e seguira para a batalha.

Entrou em um dos salões do marquês e parou abruptamente. Duas criadas que trabalhavam ali olharam para ele. Irritado por não ter direito a um momento de solidão, Lucien acenou para que voltassem ao trabalho. As jovens apressadamente evitaram seu olhar, mas não antes de ele detectar o lampejo de medo em seus olhos. Ao longo dos anos, ele tinha sido objeto de temor, piedade e pena. Comprimiu os lábios e caminhou até a janela. As pessoas tinham o direito de temê-lo. A vida o tinha transformado em uma fera desprezível. Havia apenas dois indivíduos que pareciam indiferentes à sua presença: o marquês e a marquesa. Ele franziu o cenho. Não, isso não era verdade. Havia uma terceira pessoa que não estava acovardada pela sua presença miserável. Eloise.

Isso não é completamente verdade, uma voz silenciosa zombou. A pele bronzeada dela tinha ficado embranquecida ao vê-lo e ao olhar a sua manga de casaco vazia. Lucien aceitara, havia muito tempo, a perda física sofrida no campo na batalha. Ele tinha até aprendido a viver com os pesadelos frequentes de soldados sendo cortados na batalha e seus gritos agonizantes enquanto sugavam um último e sombrio sopro de vida. No entanto, com a súbita, inesperada e indesejada aparição de Eloise, ele lamentara a perda do braço. O tremor leve nos lábios dela, um pouco cheios demais, tinha transmitido mais alto do que qualquer palavra a única emoção repugnante que ele abominava mais do que todas as outras – compaixão.

Ele não queria compaixão. E ele certamente não queria isso vindo dela.

Lucien rosnou e as criadas saltaram em uníssono. Ele as ignorou, e as duas retomaram a sua tarefa.

O ressentimento pela visita de Eloise à marquesa se expandiu. Como ela se atrevera a vir até ali questionar a vida honesta e respeitável que ele conquistara para si mesmo? Ele estava a um movimento de mão rápido e um pouco desajeitado, de acabar com a própria vida e então Lady Drake, em sua tenacidade, o puxara de volta da beira do desespero.

Ele podia finalmente admitir a verdade daqueles dias sombrios. Em sua devoção constante, Emmaline despertara as lembranças da garota que tinha sido amiga dele e de Richard naqueles anos. A marquesa o amparara a ponto de ele não tirar a própria vida como desejava, mas ultimamente tinha sido a lembrança de Eloise, com sua fileira inferior de dentes tortos e a covinha na bochecha direita.

Pelo vidro da janela, ele estudou distraidamente os movimentos das empregadas, e então desviou a atenção para a rua abaixo. Uma grande carruagem de verniz preto, não diferente daquela em que Eloise tinha chegado, era um lembrete ruidoso e ondulante da grande diferença entre eles. Quando crianças, essas diferenças não tinham importância. De alguma forma seus papéis haviam mudado e ele, Sr. Lucien Jonas, filho de um visconde, agora servia chá e mantinha as portas abertas para as senhoras casadas.

O meu marido está morto...

O estômago dele agarrou-se à confissão sussurrada. Não foi a primeira vez desde que ela chegara que ele se sentiu como um desgraçado que chutou o gato da cozinha. Ele passara os últimos cinco anos odiando seu pai, odiando a vida, odiando o fato de nunca ter conhecido seu filho ou segurado a esposa quando ela morreu, e egoisticamente nunca pensara em Ellie Gage, que tinha sido uma grande amiga. Um sorriso fraco mexeu seus lábios. Uma amiga, quando essa era a última relação que os jovens rapazes procuram forjar. O sorriso dele secou. Ela também conheceu a perda, não menor que a dele.

– Jones, terminamos.

Ele virou-se e encontrou as jovens empregadas pacientemente esperando, com expressões familiares vazias. Ele assentiu. Elas fizeram acenos educados e fugiram da sala.

Lucien deu uma volta lenta e solitária pelo salão vazio. Com os tetos de afrescos e molduras douradas, o espaço era ainda mais luxuoso do que qualquer uma das propriedades de seu pai visconde.

Você não deveria estar aqui...

As palavras suaves de Eloise penetraram em sua mente e se fundiram com a resolução definitiva dada pelo marquês naquela manhã. Suas cobranças e preocupações rolaram juntas até que as vozes se misturaram em uma só, uma cacofonia dentro de sua cabeça. Ele pressionou os dedos contra o olho na tentativa de dissipar o barulho.

Ele não pertencia àquele lugar, mas também não pertencia a seu passado. Não havia lugar para ele. Não havia nenhuma posição a que ele pertencesse, depois de anos de luta e modos grosseiros.

O marquês lhe tinha apresentado uma opção: a vida em Londres, neste posto que ele detestava, onde os criados o temiam, e, ainda pior, com Eloise dolorosamente de volta a sua vida. Ou o respeitável cargo de mordomo no campo, onde seria forçado a recordar a pessoa que deixara para trás. Lucien tentou trazer a lembrança da esposa à tona, desenhando as faces rechonchudas e o cabelo exuberante de Sara, mas a imagem se desfez e se deslocou, enquanto o rosto de Eloise dançava atrás dos olhos dele.

– Maldita Eloise. O que você fez?

E pior... o que a trouxera até ali?

Com o laço estabelecido entre ele, Eloise e seu irmão quando ainda eram crianças, Lucien suspeitou de qual seria o motivo. Ou melhor, *quem*. Os músculos de seu estômago fecharam-se involuntariamente. Durante anos ele afastara a família da sua vida. Tinha enterrado a memória dos irmãos, do pai e de Eloise, decidindo nunca mais vê-los. No entanto, ali estava Eloise. E, onde estivesse Eloise, seus irmãos e seu pai iriam segui-la. Ele poderia apostar a sanidade que havia conseguido nos últimos anos que seu irmão mais velho, Palmer, estava envolvido naquilo. Cerrou os punhos.

Um sino tocou e ele agradeceu a abençoada distração fornecida pelo seu patrão. Contente por tirar as lembranças de Eloise da mente, saiu da sala e percorreu os corredores com passos determinados. Entrou na mesma sala de estar em que Lady Sherborne entrara pouco tempo antes. Congelou. A marquesa embalava sua filha no colo.

Os arrependimentos agonizantes inundaram-no. Pela criança que ele nunca tinha conhecido e pela esposa que tinha carregado aquela criança por nove meses, enquanto ele perdia a oportunidade de ver sua barriga crescer. Limpou a garganta e a marquesa deu um pulo.

– Desculpe – disse ele, com uma reverência. – Chamou, senhora?

Lady Emmaline sorriu, um sorriso generoso que lhe chegou aos olhos.

– Oh, você me assustou. – Ela balançou um dedo brincalhão na direção dele. – Você sempre faz isso.

Como sua vida tinha dependido desse silêncio durante os anos de batalha, ele tendia a ouvir esse tipo de reprimenda.

– Aceite minhas desculpas – declarou, secamente. Ele provavelmente levaria esses modos para o túmulo.

Ela balançou a cabeça.

– Estou apenas provocando você, Jones.

Ele tinha esquecido todas aquelas velhas expressões de provocação, risos e sorrisos e não imaginava que se lembraria delas. Ficou em silêncio.

– Não dormir – a pequena Regan deu um puxão na mãe.

– Sim, dormir – respondeu ela, em um tom doce e musical. Ela fez sinal para a ama de cabelo ruivo flamejante, que correu em sua direção. A jovem pegou a menina e levou-a da sala. Lady Drake voltou sua atenção para Jones. – Eu sei que Lorde Drake falou com você sobre o cargo de mordomo.

Ele se retesou e permaneceu em silêncio.

– Quando o conheci, você era um homem muito sombrio e solitário, Jones.

Ele apertou os lábios para não dizer que ainda era um homem sombrio e solitário.

– Eu odiava vê-lo diariamente daquele jeito, e fiquei muito contente quando o marquês lhe ofereceu um lugar para trabalhar conosco. – A marquesa ficou de pé e vagou até uma mesa incrustada de rosas, atrás do sofá estofado de rosa pálido. Pegou um livro de couro sobre a superfície da mesa imaculada e segurou-o. – Pegue – disse, em tom seguro, que não permitia desobediência. Essa mulher resoluta era a mesma que se recusara a deixá-lo entregar-se à morte.

Com passos firmes, ele moveu-se para aceitar o volume. Olhou para baixo a fim de ler o título. *Coletânea de obras de Coleridge*.

– Você sabe o que é isso?

– Senhora? – Respondeu, o tom mais duro do que pretendia. Ele sabia.

– No dia em que você abriu os olhos pela primeira vez no Hospital de Londres, foi o livro que eu li para você. – Ela sorriu e disse gentilmente: – Pegue.

Ele devolveu o exemplar.

– Não posso. – Mais do que isso, ele não queria. Para que precisava de um livro de poesia? Havia muito tempo que não era o cavalheiro leitor de sonetos que tinha cortejado Sara.

Ela mantinha as palmas das mãos erguidas, segurando o livro.

– Eu insisto. – A nota resoluta em suas palavras indicou que rejeitar a oferta seria o auge da grosseria, e, apesar de todos os seus protestos, Eloise tinha sido de fato correta quando disse que ele havia sido criado como um cavalheiro. – Por alguma razão – continuou a marquesa – você abriu os olhos naquele dia. Se isso não tivesse acontecido, se nós não tivéssemos nos falado e você não tivesse descoberto que meu marido, Lorde Drake, tinha sido seu oficial de comando, e se ele não tivesse ido até você e lhe oferecido um emprego, você não estaria aqui. Ela parou e olhou para ele de forma expressiva. – E, depois de hoje – *Eloise*. A palavra era tão clara, como se a senhora tivesse dito o nome da jovem em voz alta. – Bem... depois de hoje, acredito que era para você estar aqui. – Um brilho consciente iluminou seus olhos. – Por razões muito particulares.

Os dedos de Lucien apertavaram instintivamente o livro até ele ficar com os nós dos dedos brancos.

– É tudo – ela disse, suavemente.

Ele conseguiu fazer um aceno seco de cabeça e, com o exemplar na mão, saiu da sala, odiando ter visto a verdade nas palavras dela.

7

Eloise olhou para as portas duplas com a mesma sensação de medo que experimentara em sua primeira visita àquele mesmo lugar. *Encontrou a marquesa e agora o encontrou. Você não precisa estar aqui. Vai embora.*

– Covarde – murmurou para si mesma.

– Senhora?

Ela se assustou com a pergunta da enfermeira Maitland. Limpou as palmas das mãos umedecidas, dando graças pelas luvas que escondiam seu medo humilhante – um medo irracional que ela conhecia.

– Nada – disse ela, tardiamente. – Eu estava apenas... – Criando coragem.

A mulher lhe deu um sorriso gentil e manteve a porta aberta.

– Eu... – A enfermeira olhou para ela de forma questionadora. – Não preciso de companhia – garantiu. – Imagino que esteja muito ocupada.

Ela hesitou.

– Com toda a certeza. – Sem pausar e sem permitir que a mulher protestasse, ela cruzou as portas. Seus pés calçavam botas de caminhada e pisavam silenciosamente no chão, uma escolha mais sábia após seu quase acidente com a marquesa uma semana antes.

Os homens confinados em suas camas levantaram primeiro as sobrancelhas em choque e depois as mãos em saudação. A boca de Eloise se curvou ironicamente. Então, eles provavelmente identificaram sua covardia na primeira visita e a marcaram como uma jovem entediada que não pretendia voltar.

Ela se envergonhava por não os ter considerado antes de entrar nessas paredes solitárias. Lucien a tinha atraído até esse lugar. Os homens dali, coletivamente, a trouxeram de volta. Ela manteve o olhar treinado em seus rostos e não naqueles lençóis rígidos e brancos que dançavam ao redor de sua lembrança.

Eloise parou no meio do caminho quando o brilho de linho fresco do passado quase a cegou e tudo o que ela via era branco. O branco das bochechas de Sara, cuja cor tinha sido drenada pelo médico, que a sangrou por muitos dias. O branco dos lençóis enquanto ela permanecia deitada, imóvel, de olhos vazios, olhando para o teto. Eloise estendeu uma mão, procurando e encontrando o apoio em um pilar conveniente.

– Você está bem?

Ela se sacudiu e piscou várias vezes enquanto a pergunta a puxava de volta para aquele momento. Com a sanidade restaurada, assentiu lentamente e olhou para o dono daquelas palavras.

Um soldado alegre, com um sorriso de dentes largos, encontrou seus olhos. O choque brilhante de seu cabelo vermelho alaranjado se adequava perfeitamente a um desses espíritos elevados.

– Eu estou... – Suas palavras foram apagadas quando ela registrou a ausência de ambos os braços. Ela havia se impressionado com a aparente facilidade de Lucien em se mover pela vida perdendo um daqueles membros tão necessários. Esse homem tinha perdido dois... A tristeza a transpassou.

O sorriso dele aumentou.

– Você tem medo de hospitais.

A pontada momentânea de piedade fugiu.

– Perdão?

Ele sacudiu o queixo.

– Já a vi em ambas as ocasiões em que entrou. Todos nós a achamos estranha.

Os lábios dela retorceram-se num sorriso involuntário.

– Estranha? – Perguntou ela, apreciando sua franqueza. Eloise chegou mais perto e avançou para a cadeira solitária.

– Ah, se eu soubesse que um discurso tão floreado podia atrair uma dama tão adorável, teria feito esses elogios bem antes.

Ela riu, sentando-se ao lado dele.

– Na verdade, esta conversa iria certamente virar a cabeça de qualquer dama.

Ele inclinou a cabeça.

– Tenente MacGregor.

Um tenente. A mesma posição distinta alcançada por Lucien, uma posição que significava riqueza e status.

– Lady Eloise, condessa de Sherborne – disse ela.

– Não acreditei que você voltaria – retrucou ele, com uma franqueza surpreendente.

– Oh? – Ela quase não voltara.

Ele baixou a voz e agitou as sobrancelhas afogueadas.

– Alguns de nós até apostamos nisso.

Ela supôs que devesse estar escandalizada com essa confissão, mas apreciou a honestidade. Um sorriso lhe escapou.

– Quase não voltei – confessou, estranhamente se libertando dessa verdade. Talvez tenha sido a calma súbita, inesperada, estoica do homem, ou talvez tenha sido o fato de ele ser um estranho que não conhecia o seu passado ou mesmo o seu presente. – Tenho medo da cor branca. – Mesmo quando as palavras deixaram sua boca, suas bochechas queimaram. – Não apenas da cor branca, mas de enfermeiras e médicos... – Embora não tivesse visto os médicos sombrios com seus pensamentos severos e pronunciamentos tenebrosos. – Imagino que isso pareça um disparate – disse ela, com as palavras se atropelando. – E bastante irracional. – Ela permitiu que seu olhar vagasse até um ponto além do seu ombro para as filas de camas.

– Aprendi que às vezes não levamos alguns medos em conta – ele retrucou, trazendo-a de volta. – Mas também aprendi que, na maioria das vezes, há razões para esses medos. – Ele fez uma pausa. – Todos nós os temos, senhora.

Eloise pensou no músculo que saltava no canto do olho de Lucien.

– Sim – ela concordou. – Todos temos, não temos? – Ela apreciou a confissão dele quando todos viam nela uma jovem e infeliz viúva, mas não pensavam muito além daquela perda para conhecer todas as perdas coletivas que sofrera, aquelas que a mantiveram desperta.

– E, apesar desse medo, você voltou. – Ele deslocou o corpo, balançando o lugar vazio onde o braço costumava estar, e ela imaginou que, se ele ainda possuísse seus braços, teria segurado a mão dela. O coração de Eloise se apertou inconscientemente com a perda do homem.

Sim, era isso. Qual seria a alternativa? Viver em um mundo solitário, com lembranças melancólicas de quem eles eram antes de se tornar pessoas sombrias e transformadas?

A porta se abriu. Ela olhou para a entrada do quarto. Seu fôlego foi retido pela figura amada que passava pelas portas, usando um traje preto. Com seus longos e graciosos passos, aquele homem oferecia todas as pistas sobre o nobre direito de nascença para o qual tinha nascido.

– É o tenente Jonas – disse o tenente MacGregor, notando seu interesse. – Embora prefira ser chamado de Jones – acrescentou, mais como uma reflexão.

Ela não respondeu. Em vez disso, um vaidoso Lucien parou ao lado de uma cama para falar com um dos homens.

– Ele vem todos os domingos – comentou MacGregor.

– É mesmo? – Perguntou ela. A esperança penetrou em seu coração. Esse era o homem que ele tinha sido. Não frio e insensível, mas um homem que tinha sido um garoto de doze anos e que tirara o casaco para dar a uma garota que havia sido empurrada para o lago por seu irmão mais velho.

– Imagino que seja o seu dia de folga. Sei que ele é mordomo do marquês de Drake.

Lucien ficou conversando com um cavalheiro careca apoiado em muletas. Assentiu para algo que o soldado disse, aquela boca sem sorrisos, cada vez mais familiar e difícil de não olhar. Como seria ensinar aqueles lábios a se curvar naquele meio sorriso provocador de antigamente? Os mesmos músculos, os mesmos lábios, e ainda assim, um gesto que parecia tão impossível para o estranho endurecido que ele se tornara.

Mesmo com o espaço entre os dois, ela detectou que os músculos de Lucien estavam tensos, sabendo da presença dela ali, notando seu escrutínio. Eloise desviou sua atenção de volta para o tenente MacGregor...

Cujo olhar estava agora em outro lugar. O jovem cavalheiro inclinou a cabeça em saudação.

– Olá – gritou ele.

Ela engoliu com força, tendo pouca dúvida sobre a quem se destinava aquela saudação.

Maldição.

M aldição! O que fazia ela ali?
Lucien moveu-se com passos determinados ao longo das paredes brancas que chamara de lar por muitos anos. Primeiro, ela se infiltrara na casa do marquês de Drake, seu local de trabalho. Agora, havia invadido esse lugar que ele visitava no único dia que chamava de seu. Ele parou ao lado de MacGregor, o segundo filho de um barão cheio de dívidas, que tinha lutado a seu lado no Trigésimo Primeiro Regimento.

– MacGregor – ele cumprimentou, deliberadamente fixando o olhar para além da coroa de cachos loiros rebeldes.

– Jones – o homem gritou, com sua habitual e inexplicável alegria. Ele nunca tinha entendido como o amigo podia sorrir depois de tudo o que havia visto e perdido.

– É bom vê-lo – disse ele, ignorando deliberadamente Eloise, embora sintonizado com as nuances de cada movimento do corpo dela.

– Já aviso: se está pensando em trapacear no Jogo de Faro, tenho uma companhia adorável.

As bochechas de Eloise ficaram manchadas de rubor.

– Estou vendo – reagiu Lucien, deleitando-se com o rosa pálido que mudou para uma tonalidade avermelhada. – Senhora – murmurou.

Eloise se colocou em pé. Suas saias fizeram um ruído alto.

– Luci... – Olhou de lado para um MacGregor curioso. Seu rubor aprofundou-se.

Durante todos os anos em que a conhecera, ela nunca tinha sido uma daquelas damas coradas e que desmaiam com facilidade. A jovem possuía um espírito indomável e audácia. Teria o desconhecido Lorde Sherborne forjado esse efeito? A jovem achou que odiava o homem morto por esse crime.

Mas, ele era culpado de crimes muito maiores do que odiar um homem morto.

MacGregor olhou de um para outro, com o interesse aguçado.

– Vocês se conhecem – disse, como se tivesse resolvido o mistério da vida.

– Não.

– Sim.

Ele arqueou uma sobrancelha.

Eloise apertou as mãos à frente do corpo.

– Isto é, o que eu queria dizer... – Os dois homens olharam para ela com expectativa. – É sim – terminou, desajeitadamente.

O tenente sentou-se em sua cama.

– Bem – anunciou, sem mostrar estar chocado. – Vou deixá-los para as suas visitas.

Desta vez falaram em uníssono.

– Não!

Lucien endireitou sua lapela, rejeitando o mal-estar que ela despertava nele. Ele preferia sua vida sistemática, rígida, desprovida de emoções. Não esta incerta e volátil atração sempre que os dois se encontravam. – Uh...

– Tenho que ir andando – avisou uma silenciosa Eloise. Ela fez uma reverência. – tenente MacGregor. – Então, ela encontrou os olhos de Lucien com a franqueza de que ele se lembrava. – Não me atreveria a interferir em sua visita. Perdoe-me. – Ela sabia, é claro... Como serviçal, tinha apenas um dia concedido para a folga. Ela, uma dama de elevado status – uma condessa –, tinha permissão para aqueles luxos pequenos, mas valiosos, quando quisesse.

Sem mais nenhuma palavra, ele afastou-se para que ela pudesse passar ao seu lado, sem se tocarem. Lucien olhou para ela enquanto Eloise marchava com passos pequenos e precisos, com o mesmo orgulho que Joana d'Arc indicava em sua atitude.

– Você é um idiota, Jones – acusou MacGregor.

— Não sei do que você está falando — murmurou, seguindo Eloise com os olhos. Um dos soldados, sem suas duas extremidades inferiores, disse algo que a fez parar. A maioria das damas ficaria horrorizada por visitar esse lugar. *Não Eloise*. Um sorriso inconsciente virou os lábios dele com a lembrança do dia em que ela, disfarçadamente, soltara um anzol de Richard.

MacGregor notou que Lucien continuava a encará-la.

— Então você é ainda mais idiota do que eu imaginava.

Ele desviou a atenção de Eloise e franziu o cenho.

— Você não sabe nada sobre isso.

— Posso não fazer uso dos meus braços, mas faço perfeito uso dos meus olhos e vi como aquela dama o estudou.

Dama. E, com a grande divisão de classes entre eles, era agora tão inatingível como a Rainha da Inglaterra.

— Ela é uma condessa — acrescentou ele. Não que ele tivesse qualquer interesse em Eloise Gage, agora a condessa de Sherborne. O coração dele estava morto.

Então por que um sopro de calor palpitara o maldito órgão ao ver um sorriso em seus lábios cheios?

— E você é o filho caçula de um nobre brincando de criado. — A réplica do homem continha uma seriedade impressionante que endureceu a espinha dorsal de Lucien.

— Eu a conheço — ele admitiu finalmente.

O tenente zombou.

— Impossível. — Uma frase com uma só palavra e muito sarcasmo.

O rubor aqueceu seu pescoço e Lucien resistiu à vontade de afrouxar sua gravata.

— Éramos amigos na infância. — Ele mudou de posição sob o escrutínio do homem, não entendendo essa compulsão de explicar sua relação com Eloise.

Um vislumbre de apreciação brilhou nos olhos de MacGregor enquanto ele olhava sobre as fileiras de camas até o lugar onde ela ainda falava com o mesmo homem.

— Aquela dama já saiu da infância há algum tempo.

Algo se apertava no estômago dele com o interesse primitivo nos olhos do outro homem. Que tolice sentir essa possessividade masculina por Eloise. *Maldição.*

– Feche essa maldita boca – ele reclamou, sabendo que estava sendo rude. – Está babando feito um cachorro vadio.

Em vez de ofender, suas palavras restabeleceram a alegria habitual do homem. Ele jogou a cabeça para trás e gargalhou.

– Não me diga que ainda vê uma criança ali – provocou.

Ele olhou para os lados, para verificar se a conversa em voz alta atraíra a atenção de alguém. Eloise permanecia absorta na conversa com o homem ao seu lado. Lucien olhou deliberadamente para os dois. Ela não precisava fazer companhia ao homem por... ele puxou o relógio que seu pai lhe dera na juventude muitos anos antes e o consultou... bem, não importa quantos minutos. Devem ter sido uns bons dez minutos ou algo assim. Tempo demais e...

Ela fez que sim com a cabeça e então continuou seu caminho e saiu por aquelas portas duplas.

Lucien balançou-se nos calcanhares. Ótimo. Ela já havia se despedido.

– Se não faz diferença para você, sugiro que vá atrás da dama e poupe o restante de nós da sua companhia miserável e brilhante habilidade para o faro e o uísque.

Ele fez um gesto rude que só fez aumentar o riso do homem.

– Eu...

– Vá – MacGregor o provocou, dando-lhe um empurrão na perna que o lançou para a frente.

Lucien franziu a sobrancelha, hesitando.

MacGregor lhe deu outro empurrão.

– Vá – repetiu, sublinhando a palavra com ênfase e diversão.

Então, como que por sua própria vontade, suas pernas começaram a se mover e ele caminhou rapidamente pela sala onde havia entrado minutos antes. Empurrou as portas abertas e olhou para o longo corredor. Deu passos largos. Ela sempre se movia rápido demais para um ser tão pequeno. Quando era criança, depois de fazer amizade com ele e Richard, dois meninos um pouco mais velhos, sempre mais altos, era forçada a correr para acompanhá-los.

Eloise virou a esquina e foi para o átrio.

– Eloise.

Ela tropeçou e girou em volta, uma mão no modesto decote do vestido cor de espuma de mar.

– Você me assustou. – *Outra vez*. O tecido luxuoso destacou o azul-esverdeado penetrante dos olhos dela, mantendo-o fascinado por um momento. A beleza daqueles olhos penetrou em sua alma e roubou seu fôlego. Ela inclinou a cabeça. – Lucien?

Ele ouviu a pergunta e continuou em frente, esperando que ela recuasse, mas Eloise ficou no lugar.

– O que é que...

– Por que você veio aqui?

Quatro pequenas linhas de consternação sulcaram a testa de Eloise.

– Porque você me chamou – disse ela, lentamente, como se falasse com um idiota.

Ele bufou.

– Não *aqui*, Eloise. No Hospital de Londres. No salão da marquesa.

– Não estou no salão da marquesa, seu tonto. Não posso estar em dois lugares...

– Eloise – seu tom severo e impaciente eliminou o ar provocativo das palavras dela. Naquele momento ele se odiou mais do que nunca, o que queria dizer *muito*, considerando os crimes de que era culpado. Mas nunca tinha sido grosseiro... até que ela reapareceu, fazendo-o se odiar por razões novas e diferentes. – Desculpe.

Ela assentiu ligeiramente.

– Por que você está aqui? – Perguntou mais uma vez. – Na minha vida. Eu a conheço suficientemente bem para saber que não se trata de coincidência.

Eloise prendeu o lábio inferior entre os dentes.

– Não – respondeu, lentamente. – Não se trata de coincidência. – Ela levantou seus olhos esperançosos para os dele, olhos da cor do mar mais puro, tão puro que um homem adoraria se perder dentro deles. Ele enrijeceu. De onde viera esse pensamento? – Senti sua falta – ela completou, suavemente.

Também senti sua falta, Ellie. Ele tentou forçar as palavras para além dos lábios dormentes, mas Deus o ajudasse... não conseguiu. Ele não podia dizer as palavras. Fazê-la acreditar que ele era capaz de emoções que tinham morrido muitos anos antes.

Eloise avaliou seu rosto com o olhar triste os olhos arregalados, como se buscasse aquelas palavras que ele não podia dizer.

– É por isso que está aqui? – Ele baixou a cabeça. Aroma de mel e água de rosas exalavam da pele dela. Dois perfumes sedutores e adocicados que lhe enchiam os sentidos, inebriantes. Antes ela cheirava a ervas frescas e ar do campo. – Porque sentiu a minha falta? – Ele considerou essa nova fragrância um potente afrodisíaco.

– Eu senti – A emoção inundou os olhos dela, e Lucien quase cambaleou diante do pesar da mulher que uma vez amou como amiga. – Senti a sua falta todos os dias em que você esteve longe – ela sussurrou.

– Verdade?

– Não passou um único dia sem que eu pensasse em você. – A confissão dela saiu rouca de emoção.

Um certo arrependimento o abateu, chicoteando-o dolorosamente no peito. Ele gostaria de conseguir falar ao menos que havia se lembrado dela. Ellie merecia isso dele. Ela tinha feito parte dele, mais do que uma terceira mão seria... uma ironia agora, considerando a perda de uma de suas extremidades.

Ela passou um dedo ousado no queixo de Lucien, forçando o olhar dele para o seu.

– Não quero que você minta e diga que pensou em mim – disse ela, com uma repreensão suave. – Eu sei que, desde o momento em que você se apaixonou por Sara, seu coração e todos os seus pensamentos sempre lhe pertenceram. – O olhar dela resvalou para o queixo de Lucien. – O seu amor era tão grande que não podia ser dividido.

A culpa intensificou-se. Eloise Gage tinha sido a amiga mais leal e dedicada e, no entanto, desde o dia em que ele dera seu coração a Sara Abbott, não havia lhe reservado um único pensamento. A vergonha encheu-o de tristeza, um gosto amargo como ácido.

– E quanto a você? Amou o seu marido? – Ele não se imaginava mais capaz de rezar, mas fez uma única e derradeira prece a um Deus em quem não acreditava mais, para que ela tivesse ao menos conhecido o amor.

Um sorriso melancólico estampou a face de Eloise.

— Colin era bom para mim. Ele era um amigo, e tenho saudade dele todos os dias.

Não escapou à sua atenção o fato de ela não ter mencionado a palavra "amor". Ele esperava que o finado conde tivesse apreciado os predicados que ele percebia na leal e bela Ellie, valorizando-a, enquanto Lucien nunca o tinha feito apropriadamente.

— O que aconteceu? — Ele não sabia de onde veio a pergunta.

— Ele sofreu um ataque apoplético — disse ela. — Tinha apenas 29 anos quando morreu.

Lucien não tinha o direito de mergulhar no passado dela. Havia perdido esse direito quando abandonara a amizade deles, e, mesmo assim, precisava conhecer os fragmentos de uma vida que perdera.

— E você tem filhos? — Ele imaginou uma garotinha com seus cachos loiros, rebeldes e sorriso malicioso.

— Não — ela respondeu, e o sonho daquela criança cintilou como a chama de uma vela. — Não tivemos filhos. — Os músculos da garganta dela se moveram. — Sinto muito por Sara e Matthew — completou.

O luto esfaqueou-o. Respirou fundo e lutou para reunir a resposta blasé e obrigatória à expressão de pesar dela.

— V-você... — ele tossiu na mão — chegou a conhecê-lo? — Ela devia ter sido uma jovem senhora que passava as temporadas em Londres. Provavelmente não teria tempo para visitar o bebê de um amigo de infância.

— Sim — disse ela, chocando-o com a confissão.

Ele olhou fixamente para as paredes brancas e frias. O sonho de uma criança que ele nunca conhecera, a dor de nunca ter tido aquela criança nos braços, ou visto seu rosto antes de sua vida ter terminado muito rapidamente, tornaram-se reais de maneiras que ele nunca havia experimentado antes.

As lágrimas inundaram os olhos dela.

— Ele tinha o seu sorriso.

Lucien esforçou-se para ouvi-la sussurrar as palavras que lhe transpassaram o coração.

– Ele era um bebê muito esperto e com personalidade. – Uma pequena gargalhada lhe escapou, e seu olhar voou para longe com lembranças pelas quais ele teria vendido sua alma três vezes. – Ele chorava de raiva quando ainda era muito novo para almoçar com um garfo ou colher.

Ah, Deus. Ele apertou os olhos.

– Obrigado – ele concluiu, finalmente, quando conseguiu olhar para ela mais uma vez.

– Eu não fiz nada.

Essa lembrança iria sustentá-lo para o resto de seus dias solitários. A lembrança de um garotinho que se parecia com ele e tinha seu sorriso e temperamento. Eloise tinha lhe dado tudo. E, porque, quanto mais tempo ficavam ali, mais seus corpos se inclinavam familiarmente um na direção do outro e maior era a dor que latejava dentro dele por um desejo que o aterrorizava, ele sugeriu:

– É melhor você ir.

Eloise conseguiu fazer uma reverência com a cabeça. Mas permaneceu exatamente onde estava.

Ele baixou a boca perto da dela.

– O que você está fazendo comigo?

Seus cílios grossos e dourados se agitaram de forma selvagem.

– Eu...

Lucien esmagou o restante daquelas palavras aterradoras em seus lábios, reclamando sua boca sob a dele, mais uma vez. Esse encontro de bocas foi gentil, exploratório, um encontro de duas pessoas que se reveem depois de uma grande tragédia. Ela gemeu, e ele escorregou sua língua para explorar os contornos quentes de sua boca. Com uma dor quase física, Lucien recuou, depositando um beijo prolongado na testa dela.

Eloise fechou os olhos e inclinou-se para a carícia gentil.

– Volte para casa comigo.

Lucien congelou. O pedido penetrou o feitiço que ela teceu.

Eloise afastou-se dele.

– Seu pai está doente. – Com a simples menção ao visconde que tinha selado seu destino, a luz que ela de alguma forma reacendera com suas palavras e com o beijo, se apagou.

Ele deu um passo brusco para longe dela.

– Lucien – ela implorou.

– Então é isso? – Finalmente começou a fazer sentido. – Você está aqui por causa dos meus irmãos e do meu pai.

Ela tentou falar. O calor da culpa queimou sua face.

– Estou aqui por minha causa – corrigiu, as palavras vindo tarde demais. – Também estou aqui por causa de Palmer e Richard. – Ela fez uma pausa. – E do seu pai.

Ah, então ela tinha vindo a pedido do pai e dos irmãos dele. Porque provavelmente sabiam que ele preferia ver seus parentes no inferno, mas Eloise, a doce Eloise, a mulher que ele chamava de amiga, ele provavelmente nunca protestaria. Uma gargalhada rude saiu de sua garganta, e ela se afastou. Ótimo. Era bom que ela tivesse medo. Ele analisou seu olhar com um silêncio de pedra.

– O seu pai está morrendo – ela revelou, suavemente.

O choque fundiu-se com a dor e se lançou sobre ele com uma força real. Impossível. O homem a quem ele chamara de pai era uma força inabalável; robusto, destemido e intocável. Negligente... Ele afastou à força os arrependimentos dolorosos.

– No dia em que me impôs aquela missão, o meu pai morreu para mim.

Eloise suspirou e colocou uma mão sobre seu coração.

– Você não está falando sério.

Uma lembrança lhe veio à mente. Seu pai, o poderoso, indomável visconde, se desviando de uma de suas bolas e escorregando para dentro do berçário. *Papai! Veio brincar de soldado?* A dor atravessou Lucien. Aquele homem carinhoso que ele amava. O ódio e o amor lutaram dentro dele.

Então aquele dia negro o invadiu. O dia em que lhe foi apresentada aquela maldita missão.

O meu filho não é um covarde...

Os lábios dele se curvaram.

– Estou falando sério, Eloise. – Ele olhou para ela com desprezo. – Diga aos meus irmãos que desperdiçaram seus esforços. Seria preciso muito mais do que você para conseguir me convencer a ter uma reunião feliz com minha família.

Todo o corpo dela estremeceu.

– Quem é você? – ela sussurrou, balançando a cabeça como se tivesse vislumbrado uma pessoa de quem não gostava muito.

Ele apertou a mão para não agarrá-la pelo braço e lhe pedir perdão. Quando Eloise se despediu, Lucien se demorou olhando para ela. Nesse momento, ele concordou bastante com a amiga. Também não gostava muito de si mesmo.

8

Eloise caminhava por sua silenciosa e solitária sala de estar com um bilhete entre os dedos. O fogo crepitou na lareira. Ela aconchegou os braços no peito e tentou espantar o frio inoportuno da noite de primavera, amassando desesperadamente o papel que havia recebido um pouco mais cedo.

À tarde, no Hospital de Londres, ela conseguira enxergar vislumbres do homem que Lucien Jonas tinha sido. Ele parecia um cão desprezado e ferido, desejando um toque de carinho e ainda assim rosnando e se afastando quando alguém se aproximava demais.

Ela teria de ser uma tola para não ter percebido o que ele pretendia com suas palavras mordazes. Ele queria afastá-la. Tudo porque isso era mais fácil do que deixá-la se aproximar. Assim ele não se magoaria novamente.

– Aquele tolo teimoso – murmurou.

Ela podia compreender bem o ressentimento dele, a necessidade de extravasar a culpa sobre tudo o que tinha perdido: o braço, a mulher, o filho. Mas, apesar disso, seu pai o amava, e ele havia jogado fora seus laços familiares, não somente o pai, mas também os irmãos, só porque Richard e Palmer tinham o mesmo sangue do visconde?

Eloise foi até a lareira, ainda segurando o papel. Ergueu-o diante da luz fraca lançada pelo brilho do fogo vermelho alaranjado e releu seu conteúdo.

Minha querida Eloise,

O estado do visconde piorou. Ele continua perguntando por Lucien, assim como por você. Por favor, transmita a urgência ao meu irmão teimoso.

Seu servo leal,
Richard

Ela dobrou o papel e colocou-o sobre a lareira. Então, agarrando o mármore rosa italiano entre os dedos, descansou a cabeça contra a pedra fria. Que tola ela tinha sido. Em todos esses anos, pensara que a tarefa mais difícil seria encontrar um homem que se afastara do mundo e de todos aqueles que o amavam e cuidavam dele – pelo menos os vivos. Nunca imaginou que convencê-lo a voltar para ela, Richard, Palmer e seu pai seria uma tarefa maior do que toda a criação do universo em seis dias.

Eloise exalou lentamente, aliviando a tensão no peito. Tinha sido uma menina solitária. Não havia irmãos com quem pudesse brincar. Sua mãe, que morrera quando a menina era jovem demais para se lembrar, havia deixado um vazio em sua casa. A amizade de Lucien e Richard ajudaram a suportar essa ausência. A maior parte da alegria que ela conheceu em sua vida, veio dos dois filhos do visconde. Por menos convencional que parecesse uma garotinha viver enfiada em uma casa dominada por homens, desprovida de uma presença materna, aquele era um vínculo que havia funcionado muito bem para todos eles.

O pai de Eloise não precisava se preocupar com a carência da filha. Sem outras presenças femininas em casa, o visconde e seus filhos haviam encontrado algum conforto na companhia da garotinha.

Um tronco se deslocou na lareira. As brasas explodiram e assobiaram. Ela olhou para as chamas dançantes vermelhas e alaranjadas. Foi um acordo que funcionou. Ou funcionara, até que Sara entrou na aldeia, bela e graciosa em todos os aspectos, e Eloise deixou de existir. Pelo menos para o único homem que já foi importante na sua vida. A amizade com Richard continuou ao longo dos anos. Seu irmão, Palmer, estava ocupado demais cuidando das responsabilidades que um herdeiro tinha de assumir.

Ela amava a todos eles. Mas fora Lucien quem lhe roubara o coração. A partir do momento em que eles se deitaram de costas e se viraram de lado, rindo no alto das colinas íngremes de Kent até ficar sem fôlego e tontos de tanto olhar para as nuvens que mudavam de lugar, o coração dela pertenceu a ele.

O que você está vendo, Lucien?
Ele estava olhando para o céu azul e vívido por tanto tempo que ela pensou que não tivesse ouvido.
Estou vendo a perfeição, ele sussurrou de volta.
Ela se virou de lado, distraída, enquanto ele fixava o olhar no céu, maravilhando-se com a beleza a seu redor... e se apaixonou, sabendo que um dia se casaria com o Sr. Lucien Jonas.
Quanta ingenuidade. Como tinha sido tola. Seus desejos tinham sido os de uma menina que acreditava que o vínculo entre eles era tão grande que um dia ele perceberia que carregava em seu coração o mesmo amor que ela. Eloise não acreditava que pudesse ter sido tão ridiculamente inocente. Ela apertou os lábios. No entanto, assim como ele não era o mesmo homem, ela não era a mesma mulher. Sabia, com a experiência de alguém que carrega a culpa em seu coração, que, se ele continuasse a abandonar a família por decisões do passado, o fardo seria ainda maior.
Cheia de uma energia resignada, ela se afastou da lareira e começou a andar pelo assoalho, em silêncio, de um lado para o outro. Ele não viria. A ingenuidade de acreditar que podia influenciar sua opinião, que o que eles haviam compartilhado na infância seria suficiente para convencê-lo de que o ódio que carregava em seu coração era inútil e um desperdício de emoção, era impressionante.
Seu olhar vagueava por cima das folhas de pergaminho amassadas e esquecidas sobre a mesa. Ela afastou o olhar, recusando-se a visão das anotações apressadamente descartadas.
Se ela se sentasse para terminar uma daquelas mensagens, seria uma traição que Lucien jamais perdoaria. Ele não a perdoaria. A animosidade amarga que ele carregava desde seu regresso da guerra era testemunho disso. Ele sempre fora um homem que amava apaixonadamente, o que devia ser esplendoroso para quem recebesse esse amor. No entanto, a julgar pelo homem que se tornou, ficou claro que ele sentia todas as emoções com a mesma impressionante intensidade. Se ela escrevesse aquele bilhete, se fizesse isso, abdicaria do direito a tudo o que tinham partilhado antes.
Eloise pressionou os dedos contra as têmporas e esfregou a dor da indecisão que pulsava em sua cabeça. Nunca tinha sido acusada de ser egoís-

ta antes. Não quando havia deixado o conforto de sua própria casa, uma jovem recém-casada, para cuidar da esposa e do filho de Lucien enquanto ele estava fora, lutando. Nem quando tinha ficado ao lado deles, cuidando deles enquanto o maldito médico declarava que nada mais poderia ser feito. Ou quando ficou doente depois de tanto esforço.

Mas nisso ela queria ser egoísta. Ela queria apegar-se à ideia de que Lucien pudesse, por todo o sofrimento que carregava, vir a se importar com ela como já havia feito antes. Com passos lentos, a jovem se aproximou da escrivaninha e afundou na delicada cadeira de mogno. Deslizou até a borda e apanhou uma folha em branco. No momento em que colocou as palavras no papel, o sonho de estar com ele estaria perdido para ela.

Eloise esfregou as bordas da página e fechou os olhos, com várias respirações lentas. Depois abriu os olhos e pousou o papel. Ainda que ela o amasse, ele nunca havia sido dela. E ela o amava o suficiente para sacrificar sua amizade se isso significasse que ele poderia ser feliz mais uma vez.

Ela arrancou a pena do tinteiro de cristal e começou a escrever.

Querida Lady Drake...

Uma batida soou na porta, e os dedos dela deslizaram ao longo da página, deixando cair a caneta, espalhando tinta. Eloise levantou-se quando seu mordomo apareceu na porta, ao lado do rosto franzido de seu cunhado, e agora, desde a morte de seu marido, conde de Sherborne.

– O conde de Sherborne – a pronúncia anasalada do criado grisalho encheu o silêncio.

Eloise suspirou de pesar e forçou um sorriso nos lábios.

– Kenneth – ela cumprimentou.

– Eloise. – Ele entrou na sala como se ela fosse sua própria condessa, o que nunca teria sido. Eloise não teria se casado com alguém como ele, nem que isso lhe desse o título de Rainha da Inglaterra. Ele parou com o sofá rosa pálido entre eles, e endireitou as lapelas. – Esta não é uma visita de cortesia – disse, calmamente.

Ela suspirou. Era para ser esse tipo de visita. Outra vez. Pelo rubor em suas bochechas duras e pelo olhar frio e gelado, ela tinha feito algo para merecer o descontentamento do homem. Eloise forjou um sorriso falsamente sereno e inclinou a cabeça.

– É sempre um prazer – ela mentiu através de seus dentes imperfeitos. – Embora eu deva admitir que me surpreenda com o horário – extremamente grosseiro – de sua visita. – Ela acenou com uma mão para o sofá. – Gostaria de...?

– Compreendo que você é uma mulher viúva, mas vim exigir explicações.

Ela estreitou os olhos enquanto a fúria se agitava em seu estômago diante de tamanha arrogância. – Exigir explicações? – perguntou, lentamente.

Kenneth começou a falar, com o dedo longo em riste.

– Meu irmão podia ter casado com qualquer jovem. – Sim, isso provavelmente era verdade. Simpático e agradavelmente bonito, ele era tudo o que o irmão, o novo conde, não era. De qualquer forma, talvez sua alma podre fosse mais feia do que qualquer outra coisa. – E ele se casou com você – ele rosnou a última palavra, permitindo a ela saber exatamente o que ele pensava da escolha de seu falecido irmão como esposa.

Ela mordeu as palavras mordazes que queria atirar sobre o homem.

– Imagino que um assunto mais urgente o tenha trazido para cá do que simplesmente humilhar a viúva de seu irmão – disse, infundindo uma nota de ironia nas palavras, que aumentaram a ira do conde.

Ele abriu e fechou a boca como uma truta que tenta se livrar do anzol de metal. Kenneth pousou as mãos nas costas do sofá e inclinou-se.

– Quando meu irmão estabeleceu os termos magnânimos de seu contrato de noivado – ele acusou, com tamanha vilania que ela deu um passo atrás –, não imaginava que, se algo lhe acontecesse, sua mulher se tornaria uma criatura tão indigna e escandalosa.

Um suspiro chocado saiu dos lábios dela.

Ele continuou sua fala ardilosa.

– Os comentários já começaram a circular – ele sussurrou. Seu corpo estava envergonhado pela verdade de que ela havia sido descoberta nos braços de Lucien, uma vergonha que não tinha nada a ver com sua posição na casa da marquesa e que tinha tudo a ver com seu anseio por um homem que nunca a desejaria. – Você foi vista no Hospital de Londres.

– O quê? – Ela tremeu e piscou.

Ele cortou o ar com uma mão.

– Eu soube que você esteve visitando o Hospital de Londres sem acompanhante. Visitando homens. Em suas camas.

Por Deus, era *isso* que ele considerava uma ofensa grave? Um riso histérico escapou de seus lábios. O que ele diria se descobrisse que ela estivera beijando apaixonadamente Lorde Lucien, empregado do marquês de Drake? Ele provavelmente acharia que era o tipo de ofensa punível com a forca. O riso de Eloise aumentou, e ela o enterrou nas mãos. Seus esforços revelaram-se inúteis quando a gargalhada saiu através dos dedos, ainda mais condenável por ser o único som na sala silenciosa.

– Você acha que isso é uma brincadeira, Eloise? – A pergunta cortante lembrava mais o pai severo de uma criança repreendida que um cunhado irritado. Para ser justa, ele estava muito mais do que irritado.

Não era a primeira vez desde o falecimento do marido que ela agradecia pelos termos magnânimos do contrato que a tinha mantido resguardada após o infeliz evento da morte do conde. Com uma renda modestamente confortável advinda de ganhos de um terço de suas propriedades, ele tinha cuidado para que ela nunca dependesse de outro homem. Eloise se sentiu muito grata ao olhar para o irmão raivoso dele, a saliva se acumulando no canto de seus lábios carnudos.

– Você não tem nada a dizer?

Ela se recompôs, transformando seus traços em uma máscara que pouco transmitia, sabendo, na incapacidade de fazê-lo, que ele só ficaria mais enfurecido com sua resposta.

– Não há nada de vergonhoso em minhas visitas ao Hospital de Londres.

Suas sobrancelhas louras dispararam para a linha do cabelo. Eloise deu um passo em direção a ele, encorajada pelo silêncio.

– Os homens que estão naquele hospital são heróis. – E solitários. Uma dor aguda atingiu seu coração ao pensar em Lucien como um daqueles heróis, sozinho. O homem solitário descrito pela marquesa, o que só alimentou sua irritação com o conde. – E, se lhes levar um pouco de paz o fato de eu estar lá, então pretendo continuar a visitá-los. – Sua voz aumentou de volume sob a força da emoção. – Mesmo que isso ofenda sua sensibilidade. – O peito dela estava pesado. – Fui clara, senhor?

Ele expirou.

– Demasiadamente. – Ele sacudiu a cabeça, enojado, desalojando um cacho oleoso sobre a testa alta. – Meu irmão ficaria envergonhado com sua aç...

Ela cortou as palavras.

– Se você acredita que ele teria vergonha de minhas ações, não conhecia o seu irmão. – Eloise aproximou-se da porta. – Agora, se me dá licença. É tarde. – Ela pausou e colou um sorriso duro nos lábios. – E tenho planos para amanhã de manhã. – Que agora, além de sua visita vergonhosa à marquesa, incluiria uma passada pelo Hospital de Londres.

Ele lhe deu um olhar longo e sombrio e depois correu para fora da sala.

A tensão saiu dela e os ombros cederam com o peso do alívio após a partida do homem. Eloise voltou para sua escrivaninha e olhou fixamente para a tinta preta que manchava o papel, as três palavras de saudação escritas, agora indecifráveis. Enquanto olhava para as páginas em branco diante de si, as hediondas acusações dirigidas a ela por seu cunhado se infiltraram em seus pensamentos, e ela não conseguiu evitar. Seu marido teria julgado suas ações escandalosas? Conhecendo o homem que a amparara, ela teria apostado toda a sua segurança como viúva que ele teria apoiado qualquer empreendimento de caridade.

Eloise pôs os braços sobre a mesa e juntou as mãos. O que ele teria dito sobre a relação entre ela e Lucien? Ela abaixou o queixo até as mãos. Seu olhar ausente e distraído nas grossas e douradas cortinas de brocado. Ela falava de Lucien para Colin com frequência. Ele, claro, conhecia as histórias da infância e parte do afeto que ela tinha pelo amigo. Muito do riso que o casal compartilhara tinha sido graças às lembranças que ela tinha narrado de Lucien e seus irmãos. Seu casamento nunca havia possuído o amor ardente que incendeia os corações, mas sim um companheirismo gentil e confortável. Não, não havia nenhuma grande paixão entre eles.

Ao contrário de Lucien.

Ela pressionou os olhos fechados. No tempo em que estava casada, em todas as visitas incômodas que Colin fizera a seu quarto, seu corpo nunca havia vibrado de desejo pelo toque dele.

E então veio Lucien. A relação entre eles nunca tinha sido de emoções inconstantes. Eram apenas duas pessoas emocionalmente abaladas que tinham mantido uma amizade sólida. Mais nada. Apenas amizade. Somente... Seus lábios queimavam com a memória do beijo, a lembrança dele para sempre estampada em seu coração, na mente e agora no corpo. A possessão dele sobre a boca de Eloise não tinha sido uma atitude de amigo.

Mas, depois que fizesse o que pretendia, Eloise apostava todo o dinheiro deixado em seu dote que não teria sequer a amizade de Lucien.

Ela pegou a caneta mais uma vez... e escreveu.

9

Na tarde seguinte, Eloise estava em frente à casa da marquesa de Drake. Ela tinha escrito o bilhete. Franziu o cenho ao chegar à porta.

– É muito mais difícil se esconder quando o cavalheiro em questão é de fato... – Suas palavras morreram quando Lucien abriu a porta.

Ele olhou para ela.

É muito mais difícil se esconder quando o cavalheiro é o mordomo.

Ela deu a ele um adorável e indefenso sorriso que dizia "Eu não tenho nenhum objetivo oculto planejado que irá fazer com que você me odeie para sempre", e então o cumprimentou:

– Olá, Lucien.

– Comporte-se, madame. – Ele rangia os dentes tão alto que, mesmo com o espaço entre eles e a carruagem passando por perto, ela ouviu o estalido deles. Lucien olhou para cima e para baixo na rua e, pelo espaço de um batimento cardíaco, ela pensou que ele pretendia bater a porta em sua cara. Apesar de toda a sua ira pela falta de decoro dela, ele era antes de tudo um cavalheiro e tinha um senso de honra no que dizia respeito a responsabilidades e obrigações. Lucien a conduziu para dentro.

Com o estômago revirando de nervoso e antes que a coragem a abandonasse, ela subiu os degraus.

– Lucien – ela cumprimentou.

O lacaio que correu para ajudá-la a tirar sua capa estranhou a familiaridade entre ela e o principal criado da casa. Lucien lançou um olhar cortante para o belo e animado rapaz, que engoliu audivelmente e saiu correndo com a capa de musselina cor de água-marinha.

– Não precisava ser tão rude com...

– Não quero que você me diga como lidar com minhas responsabilidades. – Estranho. Por um momento ela se esqueceu de que ele era um serviçal e não o dono dessa grande casa. – Você quer que os criados falem sobre sua reputação? – Ele disse, em um sussurro furioso. – Imagine o escândalo de saber que a condessa de Sherborne tem uma amizade íntima com o mordomo do marquês de Drake.

Ela pensou em seu cunhado, o conde, na noite anterior. Podia muito bem imaginar sua indignação. Se ele estava espumando por causa de suas visitas ao Hospital de Londres, teria sofrido um ataque ao saber de sua grande familiaridade com Lucien. Ela ajeitou os cachos.

– Não importa.

Ele deu um passo ameaçador em direção a ela, fazendo com que Eloise desse um passo atrás.

– Não importa... – ele repetiu, em um sussurro ameaçador.

As costas dela bateram contra o batente da porta e ela balançou a cabeça.

– Por quê, Eloise? Por que você ainda tem a ilusão de que eu sou o filho daquele nobre?

Ela olhou para o teto.

– Bem, você *é* filho de um visconde. Isso não pode ser desfeito. – Não importava o quanto ele desejasse. Um grunhido assustado escapou dela quando Lucien a puxou para uma sala aberta. Ele fechou a porta atrás de si. Se não fosse Lucien, ela teria tremido de terror. Eloise engoliu com força. Mesmo assim, ele era bastante ameaçador em sua ira.

Ele flexionou o maxilar.

– Então você prefere o filho do visconde ao criado?

Eu prefiro você de todas as formas e de todas as maneiras. Com um braço, dois braços, sem braços.

– Bem, o filho do visconde era muito mais gentil.

As sobrancelhas dele se abaixaram de maneira ameaçadora. Era muito errado, mas ela agradeceu sua absoluta falta de controle. Se ele fosse insensível a ela, a seu passado, à família, seria indiferente e não se mostraria afetado... mas ele não era.

Lucien baixou a boca para perto da dela e sussurrou contra seus lábios:

– Ou talvez você se divirta com a perspectiva de enganar um mero criado.

Eloise esbofeteou-o. A força do golpe dela jogou a cabeça dele para trás. O som agudo da carne encontrando a carne ecoou pelo corredor.

Ela arregalou os olhos. Meu Deus, tinha batido nele. Para ser honesta, ela já o havia esbofeteado antes, quando ele lhe dera aulas de defesa.

– L-Lucien – ela sussurrou e cobriu a boca com a palma da mão. Mas isso era diferente. Esse era Lucien, o homem de quem ela sentia falta. Agora ele poderia ser um demônio, mas, em nome de tudo o que tinha acontecido antes, não merecia essa violência.

Ele passou os dedos, hesitante, sobre a marca que ela deixou na pele dele e flexionou a mandíbula várias vezes.

Ela sacudiu a cabeça.

– Me perdoe – disse ela, apressadamente, não porque o temesse, mas porque o tinha atingido. Mesmo que ele merecesse, ela nunca lhe infligiria dor. Ele certamente já sabia disso. – Eu...

Um sorriso lento cresceu nos lábios dele. Não o sorriso cruel, zangado, que ele tinha concedido a ela muitas vezes em poucos dias, mas um verdadeiro, que atingiu seus olhos. As manchas prateadas dançavam nas profundezas azul-acinzentadas. Ele estava louco. Não havia explicação para seu inexplicável humor.

– Fico feliz por saber que as aulas que lhe dei foram úteis.

Ela sorriu.

– Você se lembra?

Lucien riu.

– Se eu me lembro de que você me batia só para ter certeza de que sabia se defender? – Ele tocou na bochecha mais uma vez. – Sim, eu me lembro bem disso. – Sua mão caiu de volta para o lado e seu sorriso morreu, substituído pelo olhar negro e inflexível perpetuamente usado por Lucien. – Precisou usar as lições que lhe dei?

Ela estremeceu diante da pergunta, tão afiada que garantia o pior a qualquer homem que pudesse ter sido o receptor de sua ira.

– Não, Lucien – ela assegurou. – Eu tive a vida tranquila e sem incidentes de uma jovem casada e agora viúva. – Sua respiração ficou presa quando ele pousou inesperadamente a mão em seu rosto.

— E não há canalhas que a incomodem por um lugar na sua cama? — Ele passou o polegar por cima do lábio inferior de Eloise.

Os lábios dela separaram-se sob o gesto ligeiro. Era uma carícia sedutora e provocante. Ansiava por mais, por um beijo... mais de seu toque roubaria toda a lógica e pensamentos racionais. *O que foi que ele disse?* Ela tentou arranjar uma resposta para a pergunta.

— Eu não sou do tipo imoral, Lucien — ela afirmou finalmente, encontrando uma resposta. — Nunca fui. — Não conseguiu manter o vestígio de dor longe dessas palavras. Com tudo o que Lucien sabia sobre ela, como poderia acreditar que fosse capaz de tal indecência?

Lucien continuou a mover o polegar grosseiro e calejado no rosto dela, esfregando suavemente a marca de nascença na linha de seu lábio.

— Ah, mas não foi isso que perguntei.

— O-O que você perguntou? — A cabeça dela caiu para trás, batendo ruidosamente contra a porta, e ela tentou desesperadamente absorver aquela pergunta que a tinha ofendido tanto.

— Perguntei se havia canalhas lutando por um lugar em sua cama.

Ela molhou os lábios e o olhar dele mergulhou, seguindo aquele pequeno movimento.

— Sou uma viúva, Lucien. — Ao contrário do interesse limitado que ela tinha recebido quando era solteira, no momento em que deixou o luto, Eloise se vira sitiada por um mar de cavalheiros repentinamente interessados e ansiosos que nada mais desejavam do que um "lugar em sua cama", como Lucien tão sucintamente mencionara.

Os olhos cinzentos escureceram, ficando quase negros.

— Sr. Jones — ele corrigiu.

Ela franziu o cenho.

— Seu nome não é Jones e não vou chamá-lo assim. Você é o Lorde Lucien Jonas, e é o que será para sempre. — Ele continuou a estudá-la através de seu olhar denso e sombrio. A certa altura, ela conhecera os pensamentos dele melhor do que os próprios. Agora, ela sondava à procura de pistas sobre o que ele estaria pensando.

Ele queria matar todos os malditos bastardos que se atreveram a lhe fazer uma oferta indecente.

Desejava isso com a mesma ferocidade selvagem que o tinha levado à sede de sangue no campo de batalha, um sentimento esmagador, quase incapacitante, que nada tinha a ver com a menina que Eloise havia sido e tudo a ver com a mulher que se tornara.

E pior... com o homem que ele era agora.

Lucien observou aqueles lábios vermelhos e cheios, pensando em todos os homens que também gostariam de beijá-los. Homens completos. Cavalheiros. Nobres com membros intactos e corpos sem cicatrizes. Homens que nunca tinham tido pensamentos tão vis e covardes sobre acabar com suas próprias vidas e que não passaram anos em um hospital, dispostos a morrer.

Pela primeira vez, ele queria estar inteiro novamente. *Para ela*.

— Antigamente eu sabia o que você estava pensando — Eloise confidenciou, suavemente. — Agora não mais.

— O que eu estou pensando a faria desmaiar neste salão — ele disse, com um senso prático que trouxe os lábios dela para baixo em uma pequena careta.

Ela endireitou os ombros.

— Sou muito mais resistente do que você pensa.

Uma contradição rude pairava em seus lábios, mas algo o fez parar, e ele segurou as palavras. Havia um brilho maduro nos olhos dela, olhos que já haviam carregado uma inocência que ele compartilhara quando criança. Sim, parecia que a vida também tinha acontecido para Ellie. Não era da conta dele, mas, por alguma razão inexplicável, ele precisava saber.

— E você já teve um amante? — Ele perguntou, com uma franqueza que lhe trouxe um rubor vermelho ao rosto. Esse rubor também serviu como uma resposta mais poderosa do que mil palavras. Uma mulher capaz desse gesto inocente e revelador nunca tinha aceitado nenhuma oferta indecente. Uma parte da tensão foi aliviada.

— Não — disse ela, confirmando sua suposição silenciosa. Ela acariciou a mandíbula dele, o gesto doce e calmante o fez fechar as pálpebras, alimentando uma fome que ele não tinha percebido que sentia por um toque quente e gentil. Este toque. O toque de Eloise. – Eu me sinto sozinha. – A confissão fez os olhos dele se abrirem. – No entanto, mesmo em minha solidão, desejo mais do que um encontro vazio entre duas pessoas.

Ele conhecia essa mesma solidão. Conhecia-a desde que voltara do continente para enfrentar uma vida em que a única pessoa que o sustentara através de inúmeras batalhas estava morta e, com ela, o filho que ele não tinha conhecido. Só que, nesse momento, com Eloise ali, pela primeira vez ele não se sentiu solitário. Lucien sabia muito bem que não devia fazer perguntas perigosas, que só trariam respostas mais perigosas.

– O que você deseja? – No entanto, a pergunta veio mesmo assim.

Um sorriso melancólico pairava sobre os lábios dela.

– Você ainda não sabe? – disse ela, um temor silencioso sublinhando a pergunta.

Ele ficou tenso.

Ela balançou a cabeça.

– Você nunca me viu de verdade?

Um pânico cegante se instalou dentro do peito dele enquanto procurava por palavras para parar o fluxo da confissão nos lábios dela.

– Nunca percebeu que eu o amava.

Oh, Deus.

Ele afastou-se dela. Seu coração bateu alto, ensurdecedor, afogando a lógica e a razão e deixando-o com um medo entorpecido pelas implicações da declaração de Eloise.

Ela afastou-se da porta e avançou em direção a ele. E, Deus o ajudasse, ele teria escolhido enfrentar o próprio Boney de novo e todos os seus exércitos nos campos de batalha a confrontar esta jovem, que o faria reentrar em um mundo ao qual ele não mais pertencia.

– Não espero essas palavras de você, Lucien – disse ela, pragmática. – Eu sei que seu coração era e sempre será de Sara, mas eu gostaria de ter dito isso a você, mesmo que me humilhasse aos pés de um homem que amava outra mulher, porque então, talvez, quando você voltasse da batalha e encontrasse sua esposa e filho mortos, você saberia que havia outra que o amava desesperadamente e ansiava para ajudá-lo a retomar a vida.

– Pare. – O pedido saiu desesperado e rouco. Ele não queria imaginar um mundo em que Eloise o amasse silenciosamente e ele a tivesse esquecido dessa forma. Ele estava envergonhado pelo erro que cometera ao expulsá-la de sua vida.

Eloise provou ser mais implacável que os soldados de Wellington em Waterloo. Ela continuou caminhando, e parou quando as pontas dos pés de ambos se tocaram.

– E eu sei o que acontece a partir daqui. Você vai ficar sempre ressentido por isso, mas sei que fiz tudo o que fiz por esse amor. – Ela inclinou a cabeça. – Agora, eu realmente preciso ver a marquesa.

Ele conseguiu fazer um aceno de cabeça, mesmo que as palavras dela o confundissem. Concentrou-se no alívio esmagador da clemência e girou nos calcanhares. Não esperou para ver se ela o seguia, sabendo pelo suave passo de seus pés de cetim que ela o acompanhava desde a sala e vinha atrás dele em um ritmo tranquilo e respeitoso. Lucien nunca se sentira tão grato por entrar em uma sala de estar. Ele limpou a garganta.

– A condessa de Sherborne – anunciou, calmamente.

Sentada no banco da janela com um livro no colo, a marquesa olhou para cima. Sorriu e moveu o olhar entre ele e Eloise. Nunca se ressentiu tanto de seu novo cargo na casa da marquesa, sendo feito de objeto de escrutínio para Eloise. Se ainda fosse filho do visconde, teria se virado e ido embora, em vez de padecer nesse doloroso e prolongado momento de espera para ser dispensado.

– Obrigada, Jones – disse a marquesa, inclinando educadamente a cabeça.

Lucien rangeu os dentes. Devia estar contente por ficar bem longe de Eloise e das lembranças que ela representava. No entanto, o que era essa força interior que o forçava a permanecer exatamente onde estava e mandar as ordens da marquesa ao diabo?

Mas que raios?

Eloise entrou na sala, seus olhos impossivelmente grandes cravados nele à medida que saía. Lucien preferiu pensar que lutar contra os malditos franceses no campo de batalha seria preferível a enfrentar essas duas mulheres determinadas.

10

Eloise olhou para a porta pela qual Lucien tinha acabado de passar. Ele podia ser um estranho para ela agora, com uma enorme lacuna nos anos de amizade, mas a jovem sabia bem o olhar de horror que tinha despertado nele com aquela confissão. A mágoa e a raiva lutaram por supremacia mas o ultraje acabou triunfando. Como ele ousava tratá-la como se ela não passasse de uma estranha? Se ele voltasse, por Deus, ela bateria em sua cabeça.

– Quer se sentar? – Emmaline perguntou, suavemente.

Ela se assustou e ficou vermelha, voltando sua atenção para a marquesa muito sorridente.

– Oh, sim, obrigada. – A mulher olhou para ela com um brilho de sabedoria em seus olhos bondosos. Eloise se sentou no sofá azul reluzente, lembrando mais uma vez da pessoa horrível que era por causa do ressentimento que se instalara em seu coração. A marquesa havia puxado Lucien de volta do poço do desespero... enquanto Eloise não era sequer uma lembrança que ele tinha carregado.

Ela passou os dedos sobre a rosa gravada no estofado azul, a tonalidade pálida que a lembrou do céu que ela e Lucien já haviam contemplado. Eloise levantou o olhar e encontrou Emmaline esperando pacientemente.

– Não sei se lembra do que mencionei há alguns dias. – Ela olhou para a porta, certificando-se de que ele realmente tinha ido embora, e então voltou a atenção para Emmaline. – Sobre Lucien... Tenente Jonas... Jones – ela corrigiu uma terceira vez.

Emmaline recuou. Suas saias azul-safira brilhavam quando se sentou ao lado de Eloise.

– Lembro de muitas coisas que você partilhou comigo. – Ela esperou e deu um aceno encorajador.

– Sobre... – Ciente de um súbito aumento do volume de sua voz, Eloise falou em um sussurro silencioso. – O tene... a senhora ficaria horrivelmente escandalizada e ofendida se eu simplesmente me referisse a ele pelo seu nome de batismo? – ela perguntou, sem hesitar.

Um pequeno sorriso escapou da outra mulher.

– De modo algum. Se vocês se conheceram na infância, imagino que tenham direito a esse tipo de liberdade.

– Sim, suponho que esteja certa. – Eloise gostava cada vez mais da marquesa. E, a cada palavra que deixava seus lábios, Emmaline se desfazia do ciúme injusto que tinha carregado desde que soubera do relacionamento de Lucien com a adorável dama. – Eu tinha mencionado que um assunto familiar me trouxe aqui. – O que era em grande parte verdade, mas não totalmente. O amor tinha impulsionado sua busca e seu esforço determinado para encontrá-lo. Ela respirou devagar e tentou forçar as palavras.

Como poderia tentar forçá-lo dessa maneira? Ela olhou para uma ruga em sua saia, que percorria um caminho da coxa até o joelho. Nem a história de Lucien era dela para contar.

– O que é? – Emmaline encorajou calmamente.

– O pai dele está doente – disse ela, finalmente, contentando-se com a verdade mais simples. – O visconde...

Os olhos de Emmaline se arregalaram.

– O *visconde*?

– Eu pensei que a senhora soubesse. – A culpa doeu ainda mais ao trair inconscientemente o segredo dele. – O pai dele é um visconde.

A marquesa pareceu atordoada. Ela balançou a cabeça.

– Eu lhe garanto que não sabia. – Por causa do lampejo perturbado dos olhos castanhos e gentis da marquesa, Eloise suspeitou de que Lucien nunca teria recebido seu cargo atual se essa verdade tivesse sido conhecida. Um guardião do marquês, talvez. Mas nunca um mordomo.

Ela mordeu o interior da bochecha. Meu Deus, ele nunca a perdoaria. Pior: se não viajasse para Kent e se despedisse do pai, ele nunca *se* perdoaria. Essa traição era uma tentativa de sua parte de pôr em ordem aquela família desfeita. Chegar até ali, àquela casa, nunca fora sobre Eloise ou seu sonho de ter algo mais com Lucien. Tinha sido por causa dele. – O pai dele está morrendo. – A dor pairava sobre seu coração ao se lembrar de que o visconde, o homem corajoso e sorridente que ela conhecia desde criança, estava se aproximando do fim de seus dias.

Emmaline pressionou as mãos contra as faces.

– Oh. – Essa única sílaba expressava toda a profundidade da emoção dolorosa sentida por uma mulher que também conhecia a perda. Mas não era o momento de Eloise mergulhar na perda que ela própria conhecia.

Falaram simultaneamente.

– Ele tem que ir vê-lo...

– Ele não irá vê-lo...

Suas palavras se atropelaram, e talvez tenha sido a confusão desordenada das vozes misturadas, ou talvez o choque das palavras de Eloise, mas a marquesa ampliou seus olhos e disse:

– Desculpe...

Ela pisava com cuidado, procurando expressar apenas os detalhes de que precisava. Não importavam os motivos: uma traição era traição.

– Não cabe a mim compartilhar a história de Lucien, mas a desarmonia entre eles começou quando o visconde forçou seu filho mais novo... – Ela parou, lembrando-se tardiamente de que essa mulher não conhecia todas as partes da vida de Lucien, como Eloise conhecia. – Lucien queria entrar para o clero. O pai insistiu que ele seguisse o exército. – Ela desviou sua atenção da outra mulher e seu olhar colidiu com um vaso cheio de flores.

– O que aconteceu depois?

As flores alegres e delicadas serviram como uma brecha de alegria nos pensamentos sombrios de Eloise. As margaridas brancas dentro do arranjo acenaram, e ela parou para pensar. Inclinou-se e inalou o perfume doce, que a transportou para os campos na primavera.

Estou muito zangada com você, Lucien. Você deveria me ajudar a colher as flores e... E foi a última vez que ele apanhou uma flor com ela. Ou andou com ela. Ou brincou com ela.

– Ele se apaixonou – a voz dela era o mais fraco sussurro. Ela se endireitou, olhando por cima do ombro para Emmaline.

A marquesa a encarou com olhos arregalados e dramáticos.

– Oh, Eloise. – Ela lhe deu um sorriso triste. – Você o ama.

Lágrimas encheram seus olhos e ela piscou as inúteis lágrimas de fraqueza. As palavras de Emmaline apenas serviram para levá-la ao motivo de articular seu primeiro encontro e chegar até este dia.

– Ele é bastante obstinado.

– De fato...

– Ele não iria até lá apenas porque estou pedindo, ou porque deveria.

O entendimento despertou nos olhos castanhos da outra mulher.

– Ahh.

Eloise apressou-se, com as saias estalando descontroladamente nos tornozelos.

– Ele não vai me ouvir. Ela afundou no assento ao lado de Emmaline. Uma vez ele o teria feito. Não mais. – Se você o convenceu a sair do Hospital de Londres, minha senhora, então pode convencê-lo a fazer essa viagem comigo.

Emmaline não disse nada por um tempo, e Eloise suspeitou de que ela não pretendia ajudar; pensou que ela poderia gentilmente, de forma educada, implorar para não interferir em assuntos pessoais que não lhe pertenciam. Mas a mulher acenou lentamente.

– Imagino que, se eu não conseguir que ele faça essa importante viagem, meu marido consegue.

Os olhos de Eloise se fecharam em uma onda de gratidão.

– Obrigada.

– Oh, não me agradeça – retrucou ela, secamente. – Ainda não consegui nada. E, conhecendo o Sr. Jones como eu conheço, se ele não quiser fazer essa viagem, então não será uma tarefa fácil para mim ou para o meu marido.

Eloise abriu os olhos e fitou Emmaline. Ela mudou de posição sob o peso do comentário da marquesa.

Então Emmaline perguntou:

– Há quanto tempo o ama?

– Por toda a minha vida – ela disse suavemente, lembrando-se do dia em que conheceu Lucien e os irmãos. Seu pai e o visconde, donos de propriedades no mesmo condado, eram amigos desde a juventude. Um sorriso melancólico brincou em seus lábios. – Bem, não por toda a minha vida. Éramos crianças quando nos conhecemos. – O olhar duro e furioso do Lucien adulto tinha se virado contra ela momentos antes, trazendo vestígios do rosto de criança que ele tinha no primeiro encontro deles. – O pai dele lhe deu a tarefa de brincar comigo. – Seus lábios se curvaram para cima ao se lembravar daquele dia tão distante; o fogo em seus olhos azuis acinzentados, a contração de sua boca irada. – Inútil dizer que ele ficou aborrecido por ter sido obrigado a brincar com uma garotinha.

A curiosidade iluminou os olhos da outra mulher.

– O que você fez?

Ela sorriu.

– Dei um murro nele.

O riso de Emmaline ecoou pelo teto alto e pelas paredes de gesso.

– Imagino que isso não tenha feito com que ganhasse um amigo no Sr. Jones.

– Oh, não. Está enganada, senhora. – Eloise balançou a cabeça. – Ele me acusou de o esmurrar como uma dama e se encarregou de me instruir sobre a maneira correta de dar um soco. – A partir daí, ele se tornaria seu melhor amigo, desejando sua amizade ou não. Mais tarde, ele acolhera a amizade dela. Eloise segurou o lábio inferior entre os dentes e cutucou-o. Agora era uma história completamente diferente.

A marquesa colocou a mão na de Eloise, prendendo seu olhar:

– Visitei Jones por vários anos... e, a cada uma de minhas visitas, ele nunca abria os olhos. Sentava-se com o rosto voltado para a janela, mas com os olhos fechados. Eu estava desesperada por vê-los. Às vezes eu me perguntava se ele era incapaz de abri-los... e, ainda assim, um dia ele simplesmente... – Sua expressão tornou-se distante. – Ele acabou abrindo os olhos – ela repetiu. – Acredito que ele os abrirá mais uma vez, Eloise. Realmente acredito.

Não depois disso. Não depois da grande interferência em sua vida.

– Obrigada, senhora – respondeu, incapaz de contradizer a afirmação errada.

– Emmaline – a mulher graciosamente lembrou-a.

– Emmaline – ela murmurou. E quando Eloise se despediu pouco tempo depois, sentiu os primeiros sinais de esperança.

11

Lucien olhou para a porta fechada do escritório do marquês de Drake. Ele tinha sido convocado. E suspeitava de que sabia muito bem qual seria o assunto dessa reunião em particular – o cargo de administrador no campo.

Sua mente tinha se esquivado de tudo e mais alguma coisa que o lembrasse de Sara. A esposa que ele amou e a vida feliz que tinha imaginado para eles pertenciam ao passado. A responsabilidade da posição respeitada, ocuparia sua mente com assuntos de negócios, uma tarefa que ele apreciava na vida anterior, antes de ter matado muitos homens nos campos de batalha. Aceitar a posição também significaria que ele estaria livre de Eloise, que tinha se inserido tão facilmente, tão tranquilamente, em sua vida. Eloise, que, com seu beijo e palavras de amor, o fizera ter fome de... mais.

Ele levantou a mão para bater à porta. Depois congelou.

Se aceitasse o cargo, nunca mais a veria. Poucas seriam as chances ou necessidades de a condessa de Sherborne visitar as propriedades rurais do marquês em Leeds. Por todos os motivos, essa conclusão devia ter selado com facilidade sua decisão. Ele fechou bem os olhos. Por Deus, agora que ela entrara em sua vida, ele não podia imaginar um mundo em que Eloise não estivesse.

Lucien enrijeceu o maxilar. No entanto, esse grande sacrifício manteria os muros que ele tinha erguido em volta de seu coração, a fim de se manter seguro. Ele bateu uma vez.

– Entre – o som grave e profundo da voz do marquês atravessou o painel grosso.

Lucien pressionou a maçaneta e entrou.

– Capitão – ele cumprimentou. – Queria me ver?

O outro homem olhou para cima, uma emoção parecida com piedade e arrependimento brilhando em seus olhos.

– Sim, entre – disse, calmamente, movendo-se para a frente. – Por favor, feche a porta.

Lucien hesitou por um momento, as primeiras agitações de mal-estar atravessando sua espinha. Fechou a porta. Virou-se para enfrentar seu patrão e um repentino e horrível pensamento invadiu sua mente. A marquesa sabia que Lucien tinha beijado Eloise, sua visita, não uma vez, mas duas e quase uma terceira vez naquela tarde, quando ela chegara? O pescoço dele aqueceu de vergonha, e ele resistiu ao impulso de correr dali.

Lorde Drake empurrou a cadeira para trás. Sem dizer uma palavra, circundou sua mesa e caminhou com passos decididos até o aparador. Pegou uma garrafa de uísque e tirou a rolha.

– Aceita uma bebida? – Despejou vários dedos num copo.

– Não, obrigado, capitão.

O marquês era um homem honrado. Um cavalheiro que não toleraria que seus criados, mesmo que tivessem servido sob seu comando nos campos de batalha, beijassem amigas de sua esposa. Os músculos de seu estômago contraíram-se involuntariamente à horrível perspectiva de perder o posto. Depois de anos vivendo em estado de depressão e resistindo ao desejo de se matar, ele tinha encontrado um propósito. Não podia perder essa estabilidade.

– Como sabe, Lady Sherborne visitou minha mulher esta tarde.

A pressão aumentava dentro do peito dele. Assentiu lentamente.

– Estou ciente disso, capitão – disse, cautelosamente.

O marquês carregou o copo até a mesa e se encostou na borda.

– Por que não se senta, Jones? – Balançou o copo, apontando para a cadeira de couro perto da escrivaninha.

Lucien hesitou e, então, com movimentos rígidos, ocupou o assento oferecido. Seu estômago se contorcia em náuseas. Desde que fugira de Kent, magro, cansado e abatido, tinha sustentado uma postura imperturbável. Pelo menos até aquela perda momentânea de sanidade no átrio de seu patrão, pouco tempo antes. Com a mão solitária, agarrou firmemente o braço da cadeira.

Lorde Drake rodou o conteúdo de seu copo, depois bebeu um gole.

– O visconde Hereford é seu pai – afirmou, sem rodeios.

Lucien piscou com os olhos.

– Capitão? – A pergunta surgiu hesitante enquanto ele tentava juntar não só a descoberta do marquês, mas também seu interesse nas origens de Lucien.

O homem tomou outro gole e depois pousou o copo ao seu lado com um leve toque.

– Certamente não acreditou que eu imaginava, com sua posição de tenente, que você não tivesse posses.

Ele estreitou os olhos. Por Deus, não se tratava do beijo em Eloise até ela amolecer em seus braços.

... Eu sei o que acontece a partir daqui. Você vai se ressentir para sempre por isso, mas saiba que fiz tudo o que fiz por esse amor...

– Eu não tenho posses – disse ele, calmamente. Por Deus... Eloise! Uma raiva lenta e efervescente nasceu. Ele fechou a mão em punho. Um músculo saltou em seu maxilar.

– Muito bem, então você não sabe que, na sua origem, era um homem de posses? É a mesma coisa, não é, Jones? – o patrão rebateu, pragmático.

– Não, não é.

– Não tenho o direito de me intrometer no seu passado.

Então não faça isso. Lucien cerrou os dentes com força, rangendo-os para não lançar aquelas palavras desrespeitosas contra o homem que, com sua esposa, havia insuflado vida nele.

– Eu culpei o meu pai pelo meu alistamento – disse Drake, calmamente. Como se estivesse repleto de uma súbita inquietação, o outro homem pegou o copo. Olhou para o conteúdo meio cheio, vendo um mundo que só existia atrás de seus olhos. Lucien sabia muito sobre essas visões.

– Capitão? – Eram o tipo de lembrança que rouba o sono e a sanidade com um som alto que o transporta para os campos de batalha sangrentos.

O marquês balançou a cabeça e bebeu mais um gole.

– Era o auge da imaturidade alistar-se. Me ressenti por causa do noivado com Emmaline e tentei fugir do controle de meu pai. – Seus lábios se retorceram em um sorriso duro e amargo. – No entanto, a decisão final foi minha. Passei anos odiando meu pai. Odiando a mim mesmo.

Lucien sabia bem como era. Ele vivia com esse mesmo ódio. Talvez todos os homens que voltaram vivessem assim.

– Foi preciso que minha mulher me ensinasse que o ódio é inútil. Nós vivemos, enquanto outros morreram... e viver na raiva e na amargura é um desperdício.

– O senhor tem uma razão para viver – disse Lucien. O marquês não tinha perdido a mulher e o filho.

Lorde Drake mudou de posição.

– Você também tem. Só precisa vê-la. – Com isso, ele se ergueu e carregou o copo para trás da mesa. – Eu lhe darei três semanas.

Ele balançou a cabeça lentamente, sem compreender.

– Eu não...?

– Fique à vontade para pegar um cavalo nos meus estábulos e uma carruagem. – Sentou-se na poltrona de couro, a madeira envelhecida estalando ruidosamente. – Vá ver o seu pai, Jones.

Não foi uma sugestão. O marquês ordenava com a mesma firmeza que tinha mostrado no campo de batalha.

Ele sacudiu a cabeça de leve.

– Não é um pedido – o homem confirmou o que Lucien já suspeitava.

A raiva invadiu seu corpo, moveu suas pernas e o colocou de pé. Ele caminhou até a frente da mesa imaculada de mogno.

– Tenho uma nova vida. Tenho responsabilidades...

– E o mordomo adjunto tratará dessas obrigações enquanto estiver fora – assegurou o marquês.

Ele passou uma mão trêmula pelo cabelo. Não via os irmãos e o pai havia cinco, quase seis anos. Tinha saído de casa e nunca mais olhado para trás. As expressões marcadas nos rostos dos irmãos – rostos tão semelhantes ao seu quando jovem – era a mesma coisa que olhar para um espelho.

Mas o vidro tinha rachado, e agora ele era a figura distorcida e amorfa do outro lado. A insistência do pai acabara por mergulhar Lucien no inferno. Quanto a seus irmãos, o único crime era lembrá-lo do que já fora e nunca mais seria.

Ele balançou a cabeça novamente, desta vez mais devagar e com movimentos mais precisos.

— Não irei, senhor. — Fez uma pausa e fixou um olhar duro em seu patrão. — Vai ter que me despedir.

Um sorriso se formou nos lábios do marquês.

— Você me conhece bem o suficiente para saber que não vou despedi-lo.

Um alívio momentâneo perpassou sua alma, mas Lorde Drake abafou esse sentimento evasivo com suas palavras seguintes.

— Mas também não poderá ficar aqui por três semanas. — Ele acenou com uma mão. — Se não for, então fique em algum lugar onde possa pensar com clareza e lógica, e espero que esse tempo para refletir o leve de volta para casa.

Antes que seja tarde demais. As palavras pairaram, sem serem ditas, no ar entre eles. O conjunto de linhas imperturbáveis do rosto do marquês provou que, mais uma vez, Lucien havia ficado sem escolha.

— Há mais alguma coisa de que precise? — a pergunta emergiu mais dura do que ele pretendia... ou podia evitar.

Lorde Drake balançou a cabeça.

Com uma reverência curta, Lucien despediu-se, fechando a porta atrás de si.

Maldita, Eloise. Maldita.

12

Um estrondo alto fez Eloise se levantar. Ela olhou para a sala mal iluminada, tentando enxergar o relógio sobre a lareira. Dez horas da noite. O silêncio desceu sobre seus aposentos mais uma vez e, balançando a cabeça, ela se acalmou e continuou com sua leitura.

Os gritos furiosos e gaguejantes de seu mordomo penetraram na paz doméstica. Eloise deixou de lado o livro de poemas de Coleridge e jogou as pernas para o lado da cama. Pegou seu modesto roupão aos pés da cama, escondendo sua igualmente modesta camisola.

O que é que...? Se fosse o maldito cunhado com suas opiniões zelosas sobre as ações e omissões de Eloise, ela lhe daria um safanão. Abriu a porta e começou a caminhar pelo corredor. A cada passo, os gritos de Forde cresciam frenéticos em volume e paixão.

– Como se atreve, senhor? O senhor é...

– Oh, ela vai me receber, com toda a certeza.

Os pés dela pararam de repente ao ouvir o tom grave, familiar e áspero. Ela arregalou os olhos. Oh, meu Deus.

– Vá chamá-la.

Por um momento de pura covardia, ela lançou um longo olhar pelo corredor em direção à segurança e paz de seus aposentos.

– Se não sair agora – disse Forde Rumbled –, vou mandar retirá-lo à força.

A ameaça impulsionou-a para a frente. Eloise percorreu o comprimento restante do corredor e parou no topo da escadaria. Pousou uma mão trêmula no corrimão. Como se sentisse a presença dela, Lucien olhou para cima, a raiva fervendo em seus olhos. Ela mastigou o lábio inferior por um momento e depois conseguiu exprimir um sorriso forçado.

– Olá. – Não conseguia sentir seu coração. – Que visita adorável.

O mordomo, Forde, olhou para Eloise como se ela tivesse criado asas e pretendesse voar até a porta da frente.

Lucien deu um passo adiante, passando sem esforço pelo mordomo ineficaz e idoso.

– Não é uma visita social. – Um sussurro agitado se fez ouvir no átrio, como um tiro na calada da noite.

Ela suspirou. Primeiro o seu horrível cunhado, agora o seu velho amigo. Não se usava mais avisar com antecedência?

– Oh. – Deu um passo meio incerto, fazendo uma pausa no degrau superior. – Então talvez possamos esperar até de manhã...

– Oh. – Pobre Forde. Ele engoliu nervosamente.

Ela teve piedade do criado, que provavelmente acrescentou um punhado de mechas prateadas adicionais ao seu grosso cabelo.

– Forde, está tudo bem – assegurou ela. Ou mentiu. Pela tensão efervescente que emanava do corpo de Lucien, ela suspeitou de que não estava nada bem.

O leal criado hesitou.

Ela lhe deu um sorriso reconfortante, e, com isso, ele se moveu com passos firmes... até que Eloise e Lucien ficaram sozinhos.

– Você não devia aparecer a esta hora, assustando meus criados, Lucien. Não é nada elegante de sua parte.

– Eu não me importo – disse, balançando para a frente nas pontas dos pés, como se estivesse prestes a capturá-la nas escadas.

Ela engoliu com força.

– Presumo que esteja aqui por causa de uma conversa que teve com o marquês. – Seus dedos mostraram um tremor involuntário, e ela os enterrou no roupão para não revelar seu mal-estar.

As sobrancelhas pretas dele uniram-se em uma linha punitiva.

Oh, Deus! Ele era muito mais ameaçador do que ela se lembrava. Eloise sorriu.

– Presumo que ele tenha sido tão solidário e gentil como os jornais dizem.

E esse foi o único comentário de Eloise antes de Lucien pôr os pés em movimento. Ele ousadamente subiu as escadas sem esforço, como se fosse o dono da modesta casa dela – um papel que ela gostaria que exercesse. A jovem recuou. Bem, talvez não neste papel gelado e dominador que assumira, já que tinha aterrorizado o pobre Forde.

– O que está fazendo? – perguntou ela, enquanto ele continuava a sua lenta e ameaçadora subida.

O silêncio era ainda mais enfurecedor. E aterrador. Seu coração bateu forte e ela recuou mais um passo. Não acreditava que ele faria algum mal a ela, mas a imprevisibilidade dele o tornou perigoso. Eloise pisou com o calcanhar na bainha do roupão e ela cambaleou insegura.

A jovem arremessou os braços à procura de apoio quando Lucien diminuiu a distância, segurando-a com facilidade. Ele passou o braço ao redor dela e a colocou contra o peito.

– Sua tola. Está querendo quebrar o pescoço?

Deus a ajudasse... Os olhos dela deslizaram, fechando por sua própria vontade, e ela se entregou à sensação reconfortante de sentir o corpo dele pressionado contra o seu. Até ela deixar esta Terra, se lembraria daquele momento – seu corpo poderoso, forte, intenso, aquecido.

– Por que eu iria querer quebrar o pescoço? Que bobagem. – A fraca tentativa de deixar o clima mais leve pouco fez para diminuir a dureza nos olhos cinzentos, agora quase pretos, e sombrios de Lucien. – Talvez devêssemos nos encontrar na minha sala de visitas?

Ele estremeceu, e nesse momento se lembrou de quem era. Na posição de mordomo do marquês de Drake, ele provavelmente conhecia os perigos de estar na casa de uma dama durante a noite. Lucien fez um gesto brusco, afastando-a dele.

Eloise desceu as escadas, atravessando o hall de entrada e seguindo pelo corredor escurecido, iluminado apenas por um punhado de arandelas, até a sala de visitas. Lucien seguiu atrás dela, notavelmente furtivo para seu tamanho. Tanto que ela deu uma olhada rápida por cima do ombro para ter certeza de que ele ainda a acompanhava. A fúria marcava seu rosto, e ela engoliu com força. *Esse era Lucien.* Seu amigo mais querido. Ele nunca lhe faria mal. Um rosnado baixo ecoou atrás dela, assustando-a e acelerando os passos. Mas ele era, em muitos aspectos, um estranho agora.

Ao entrarem na sala decorada com móveis Chippendale, ela fechou a porta suavemente, sabendo que seus esforços de privacidade eram inúteis. Eloise tinha poucas dúvidas de que a notícia dessa escandalosa visita chegaria aos ouvidos de seu cunhado.

— Eu entendo que esteja aborrecido — ela disse, falando com ele do jeito que conversara com sua égua depois que a pobre criatura machucara o casco dianteiro.

Lucien acompanhou os passos dela.

— Não estou aborrecido — sussurrou ele.

Eloise apressou-se em colocar uma distância muito necessária entre os dois. Os ombros dela caíram sob o peso do alívio. Ela sorriu.

— Que ótimo! Então, eu...

— Estou furioso.

Ela comprimiu os lábios.

— Oh. — Eloise correu para atrás da mesa retangular, as palmas das mãos sobre a superfície. — Eu precisava conversar com você.

Lucien continuou caminhando, parou do lado oposto da mesa e se inclinou.

— Você não conversou comigo. Você me obrigou a vir até aqui.

Eloise tirou as mãos da mesa e forçou-se a se afastar.

— Eu posso explicar. — A culpa perturbou sua consciência mais uma vez. Suas ações tinham sido muito coerentes, se ela ao menos pudesse lhe mostrar.

— Não há nada para explicar, madame. — Um suspiro lhe escapou quando ele segurou o pulso dela. A pele de Eloise formigava com o poder da palma dura e calejada de Lucien. Ela fechou os olhos por um momento. Nunca, em todos os anos em que o marido fora a seus aposentos, ela se queimara pelo toque dele. Eloise acreditava ser incapaz de ter tal paixão, e não esperava conhecer a emoção do desejo. Até que voltou a encontrar Lucien e finalmente conheceu seu beijo... e seu toque.

— Você não tem nada a dizer? — ele zombou.

Era muito humilhante sofrer por uma pessoa tão fria. Ela afastou toda e qualquer fraqueza, sabendo que precisava de força.

— Não tive escolha — disse ela, com o queixo erguido.

Lucien moveu um olhar frio sobre seu rosto, e, então, como se uma maldição negra queimasse seus ouvidos, rapidamente a soltou.

– Minha família não é da sua conta, Eloise – ele retrucou, e desta vez não havia nenhuma nuance letal em suas palavras, mas um tom prático que era ainda mais dolorosa para Eloise.

– Sim, ela é da minha conta – ela rebateu, suavemente. – Eles são como a *minha* família. – Com a morte de seu pai no mesmo ano em que Lucien saíra para lutar, a ligação entre ela e os irmãos dele só se fortaleceu. Eles apoiaram uns aos outros, oferecendo consolo naqueles tempos mais sombrios.

Lucien contornou a mesa e falou, com o dedo em riste.

– Ah, sim. – Ele pausou, depois parou tão perto que ela foi forçada a levantar a cabeça para encontrar o olhar dele. – Mas na verdade é a *minha* família.

Ela vacilou. Quando é que ele se tornara tão cruel? Foram os anos de luta? Talvez ele tivesse retornado como esse mesmo homem cínico e desconfiado para sua esposa e filho. O coração dela sofreu com espasmos. Não, o amor da mulher e do filho teria restituído como o homem que Lucien era. Pelo brilho de seus olhos, ele antecipava a explosão volátil dela. Lágrimas, talvez. Ela não se iludiria. Em vez disso, puxou a mão dele e a segurou.

– Ainda bem que você finalmente se lembrou desse fato importante, Lucien.

O corpo dele ficou rígido ao toque dela. Eloise esperava que ele soltasse sua mão. Em vez disso, Lucien permaneceu enraizado no chão, olhando fixo para suas mãos entrelaçadas com a dele. Os músculos de sua garganta moveram-se para cima e para baixo.

Uma esperança suave se agitou no peito dela, acudindo-a a raciocinar. Ela queria ajudá-lo a ver que, mesmo com tudo o que perdera, ele tinha conhecido o amor. Mas, com a exceção da afeição de seu amoroso pai, essa emoção tinha sido bastante escassa em sua própria vida.

– Seu pai o ama. Ele...

Lucien puxou a mão, quebrando o frágil momento de paz entre eles. Trouxe o rosto perto do dela, com fúria nos olhos.

– Perdi tudo o que era, tudo o que tinha, por causa dele. – Lucien se afastou, e Eloise pensou que iria embora, mas ele simplesmente caminhou feito um animal selvagem até a janela. – Você vive em um mundo intocado pelos horrores da vida, Eloise – ele disse, cansado. Com esse tom de desaprovação, ele podia muito bem ter feito uma repreensão gentil em uma criança. – Com essa incumbência imposta pelo meu pai, um caminho que ele determinou que eu trilhasse como terceiro filho de pouco valor, causei a morte de homens.

Ela vacilou, querendo parar o fluxo das palavras dele, mas precisava ouvir o inferno que ele suportara.

– Os franceses não eram mais velhos do que você quando empunhei minha baioneta. Homens a quem chamei de amigos se contorcendo nos campos de batalha, imploravam para morrer...

Eloise apertou as mãos sobre as orelhas, mas ele se aproximou e, com sua mão, as removeu, segurando-as desajeitadamente.

– Se você insiste em me devolver ao homem responsável pelos meus pesadelos, vai ouvir tudo o que tenho a dizer.

Ela balançou a cabeça, as lágrimas fechando sua garganta e enchendo seus olhos até que ela se desfez diante dele.

– Por favor.

Um sorriso horrível formou-se nos lábios dele.

– O que você sabe sobre isso? Nunca teve nos braços alguém que estava morrendo. Nunca conheceu a agonia de ver uma pessoa dar o último suspiro.

Ela piscou, lutando para não chorar, para que ele não interpretasse as lágrimas dela como um sinal de fraqueza, mas uma gota solitária escapou. Seguida por outra. E outra. Até que desceram por suas faces, em uma torrente silenciosa e constante. Ele estava errado. Ela conhecera essa dor. Ela segurara Sara e Matthew nos braços e ouvira aquela mesma respiração irregular e agonizante que ele descrevia agora. A lembrança desse dia iria assombrá-la para sempre.

– Eu sei mais do que você pensa – disse ela, em um sussurro entrecortado.

Seus lábios se torceram novamente naquele escuro e macabro sorriso que era mais claro do que qualquer palavra.

– Vou voltar para ver minha família. Não porque eu quero, mas porque você determinou. Não haverá nenhuma reunião alegre. Não haverá uma grande demonstração de remorso e arrependimento entre pai e filho, se é isso que você deseja, Eloise. – Ele olhou para ela com ressentimento e fúria. – Vou partir amanhã, e, quando regressar a Londres, não quero vê-la. Retomarei minhas responsabilidades na casa do marquês e você e eu continuaremos a viver em nossas diferentes esferas sociais. Quero que a lembrança de você termine com o meu pai. Fui claro?

Eloise conseguiu assentir, trêmula.

– Sim – disse ela, espantada por ele não conseguir ouvir o partir de seu coração. – Muito claro. – Ele começou a se virar para sair. Ela não sabia onde encontrar coragem, mas gritou: – Lucien?

Os passos se abrandaram e ele virou para trás para enfrentá-la.

Eloise molhou os lábios.

– Achei que devia mencionar que pretendo partir de manhã, também.

– Para onde? – ele fez um ar interrogativo, e por um breve momento, não havia nenhuma linha dura, nenhuma expressão em seu rosto, e era o Lucien de antigamente.

– Para Kent. – Ela fez um sinal com a cabeça. – Para ver seu pai.

13

Ela ia deixá-lo louco. Ele sempre soubera disso. Primeiro, quando ela era uma menina de seis anos e insistia que seus soldados de brinquedo dançassem com suas bonecas. Depois, quando lhe pedia para apanhar flores nos campos de margaridas, após de terem ido pescar. E agora... ele com trinta anos de idade, ela com vinte e oito, Eloise tão casualmente desprezando sua raiva e exigências frias, expressava sua intenção de viajar para Kent.

– Você ficou louca – ele conseguiu dizer.

Ela franziu os lábios.

– De fato, estou. E bem zangada. Mas não permitirei que isso me impeça de voltar a ver seu pai.

Ele respirou fundo, contando silenciosamente até cinco.

– Eu quis dizer maluca. Inconsciente do perigo.

Os olhos de Eloise se arregalaram.

– Oh. – Ela balançou a cabeça. – Não, sou o outro tipo de louco. Sou o zangado.

Ele sentiu seus lábios liberarem um sorriso e rapidamente o reprimiu, recusando-se a permitir que Eloise, com sua boca charmosa e seu espírito terno, ofuscasse sua própria traição.

Ela cruzou os braços sobre o peito, chamando a atenção de Lucien para essa região.

– E quero que você saiba que, apesar de seu desagrado, pretendo ir.

Lucien tentou processar as palavras dela. Realmente tentou. No entanto, a raiva ardente que o tinha levado à sua porta e à sua casa como um louco, recuou diante da súbita percepção de que nada além de um penhoar fino e uma camisola protegiam seu corpo delgado, mas generosamente curvo.

— Você me ouviu? — ela chamou, o peito se movendo para cima e para baixo com a força da respiração.

Ele olhou fascinado com a visão frágil da jovem, banhada pelo brilho da vela fraca. Quando foi que Eloise Gage evoluíra da teimosa e selvagem criança que corria pelas colinas de Kent para... esta encantadora e cativante criatura com curvas de mulher e boca de sereia?

Ela acenou com uma mão na frente do rosto dele.

— Olá, Lucien. — O fogo estalou em seus olhos.

A única característica que não mudara em Eloise parecia ser a teimosia. Ele a enlaçou pela cintura e a puxou para perto de si. Um grunhido assustado escapou dela enquanto ele se aproximava.

— Sempre intrometida, não é? — sussurrou ele contra sua têmpora.

Ela se irritou.

— Prefiro pensar nisso como uma ajuda.

— Não é uma ajuda — esclareceu ele, para que não restassem dúvidas.

Os músculos de sua garganta se moveram, e ele acariciou o comprimento de seu gracioso pescoço. Ele nunca havia considerado o pescoço um atributo de beleza. Muito prático e nada sexy, mas havia algo totalmente cativante sobre a graciosa extensão do de Eloise.

— O que está fazendo? — sussurrou ela.

Enlouquecendo com você. Lucien gemeu e esmagou os lábios dela debaixo dos dele, engolindo seu gemido sem fôlego. Inclinou a sua boca sobre a dela, uma e outra vez, até ela choramingar. Eloise estendeu os braços e torceu os dedos no cabelo dele, puxando a cabeça de Lucien com força para baixo, a fim de melhor se abrir para o beijo.

Ele aprofundou o beijo, dando o que ela desejava, sua língua engajada em um impulso selvagem que evocava imagens eróticas, que envolviam Eloise deitada de costas, os braços para cima, as pernas afastadas. Lucien arrastou a boca para longe, até ouvir o gemido de protesto dela, mas simplesmente deslocou seus lábios para a pulsação selvagem no pescoço de Eloise. Ele mordiscou e chupou a carne delicada que tanto o tinha atraído. A cabeça dela caiu para trás, e um grito pequeno e agudo lhe escapou.

Ele enrolou o braço ao redor da forma macia dela, nunca lamentando a perda de seu braço mais do que nesse momento. O lugar vazio de seu antebraço coçava com fome para segurá-la, arrastá-la e usar ambos os membros como desejava, explorando cada curva e contorno de seu corpo.

– Lucien – ela sussurrou.

Só isso. O nome dele. Seu nome, pronunciado num gemido esfomeado e sussurrante, o trouxe de volta ao presente. Ele a afastou tão depressa que ela tropeçou. O desejo turvou o azul esverdeado de seus olhos, tornando-os azul-cobalto. Ela piscou. Pânico cresceu no peito dele.

– Isso não voltará a acontecer.

– Por quê? – Ela podia muito bem ter perguntado que horas eram ou ter pedido chá e biscoitos, tamanha a calma de suas palavras.

Sim, por que não? Uma voz traiçoeira dentro da cabeça dele o perturbou. Ele rosnou.

– Já disse, Eloise. Depois de visitar meu pai, voltarei à minha vida e você à sua. E isto, ou qualquer loucura que nos tenha dominado, irá desaparecer.

Ela colocou as mãos nos quadris, daquele seu jeito resoluto de ser.

– Eu sou dona da minha vida e você não tem escolha. Vai se juntar a mim na viagem? – disse, em uma pergunta que não era bem uma pergunta.

– Se vou...? – Ele fechou a boca e contou mais uma vez até cinco, rezando por paciência. – Não, você não vai comigo. Não vai.

Ela olhou para o teto, da mesma maneira que fazia quando era uma menina tentando convencer um garoto de quinze anos de que não havia nada mais natural no mundo do que dançar uma escandalosa valsa, escolhida por seus malditos tutores.

– Eu vou – disse ela. – Pretendo partir ao amanhecer. – Ela fez um movimento de cabeça. Um único caracol loiro caiu sobre seu olho. – Afinal, agora sou viúva, Lucien. Tenho direito a certas liberdades.

Diante desse pronunciamento, tudo o que ela o obrigou a considerar foi o seu trajeto pelas malditas estradas sem um acompanhante, sem nenhuma companhia, talvez apenas a de uma criada ou um criado. Ele franziu o cenho.

– Em que está pensando? – perguntou ela, levantando a cabeça.

Exceto pela total falta de habilidade de seu velho mordomo em expulsá-lo como ele certamente mereceu, como membro da comissão da marquesa, ele mesmo teve que admitir que a falta de criados para proteger e defender sua senhora de um cavalheiro furioso não demonstrava muito sobre sua capacidade. Com um rosnado, ele girou no calcanhar e marchou para a porta mais uma vez.

O barulho das saias indicava que ela o seguia.

– O quê...?

– Quero cavalgar. Você permanecerá em sua carruagem e, além disso, não terei mais nada a ver com você ou com sua interferência – ele se dirigiu até a porta. Com isso, deixou a sala. A pele do pescoço dele ardia sob o olhar de Eloise, cravado em seu corpo.

Eloise o olhou, enquanto Lucien partia. Tocou a boca com os dedos. Seus lábios ainda queimavam com o sabor do beijo dele, sua carne pulsava para sentir mais do toque dele. Em seus maiores sonhos, tinha imaginado uma vida que o incluía. Uma vida em que ele a via como mais do que a amiga de infância que se mantivera com ele e os irmãos. No dia em que ele se apaixonou por Sara, metade do coração de Eloise tinha morrido. A outra metade sobre viveu, na esperança de que um dia ele finalmente percebesse que ela estava lá.

Depois, os músculos do estômago dela deram um nó. Mesmo com a paixão entre eles, e as três vezes em que a tomara em seus braços, Lucien ainda não pertencia a ela.

Eloise sentou-se com as pernas trêmulas no sofá mais próximo, afundando nos vincos rígidos de cetim cor-de-rosa. Pior, ele a desprezava. Culpou-a por tentar restaurar a relação amorosa que um dia ele tivera com a família. Ela olhou fixamente para seu próprio colo. No entanto, ele falara com toda a ira apaixonada de um homem que ainda tinha família. Sim, ele havia perdido Sara e o filho, e essa perda iria assombrá-lo para sempre. Mas, apesar da perda, ele ainda tinha Palmer, Richard e, por enquanto, seu pai.

Ela tinha percebido, depois da morte do pai e, em seguida, da perda súbita de seu próprio marido, quão sozinha estava. Seu mundo, outrora cheio de gente que se importava com ela, ficara notavelmente vazio, deixando-a com nada mais do que um cunhado desaprovador como companhia ocasional. Não, Lucien não estava sozinho. Ele apenas escolhera subsistir em estado de solidão. Ela firmou os lábios. Ele podia ter raiva dela, até mesmo odiá-la pela interferência em sua vida, mas suas ações tinham sido impulsionadas pelo amor por ele... e por sua família. Se ela pudesse, de alguma forma, trazê-lo para perto de seus irmãos, a ausência dele em sua vida a faria sofrer, mas lhe traria alguma paz em meio à sua solidão.

Só que, se ela fosse sincera consigo mesma, queria mais. Ela o queria.

14

Na manhã seguinte, com sua bagagem carregada em uma carruagem, Eloise aceitou a mão oferecida por um criado. Fez um murmúrio de agradecimento e se permitiu uma pausa na soleira da porta para espiar as ruas tranquilas. O mesmo medo que tinha pairado sobre sua mente naquela manhã, enquanto seus pertences estavam arrumados e suas carruagens, prontas, reapareceu.

Lucien não viria.

Quando o dia amanheceu, ela se convenceu de que ele estaria lá. Atrasou a viagem até ser forçada a perceber que ele tinha mudado de ideia. Uma única gota de chuva caiu em seu nariz. Ela a limpou com a ponta da luva.

– Senhora? – chamou o criado.

Ela sacudiu a cabeça e, com um pequeno sorriso, subiu na carruagem. A porta fechou-se atrás dela com um clique suave. Eloise afastou a cortina de veludo vermelho e olhou para as sombrias ruas de Londres. Nuvens cinzentas e grossas de tempestade cobriam o céu, apagando a luz brilhante do dia. A tempestade iminente adaptava-se perfeitamente ao seu humor naquela manhã.

A carruagem mergulhou sob o peso de seu condutor, que assumia seu posto, e, um momento depois, balançou para a frente. Ela olhou fixamente para a fachada de estuque rosa de sua casa. Exceto pelo período de luto vivido por Colin cinco anos antes, quando ela se ausentara por um tempo, nunca mais tinha deixado sua modesta e confortável casa na cidade.

Palmer lhe escrevia frequentemente, pedindo que o visitasse, mas a dor das lembranças era demasiado grande para voltar ao lugar que ela amava, perdera e que depois sofrera a dor da perda de Lucien. Uma bola se alojou em sua garganta, e ela engoliu várias vezes. Como esse dia era parecido com aquele em que Sara tinha dado seu último suspiro. A febre havia aumentado por quase uma semana, subindo até que o delírio substituiu a sanidade, e a ausência substituiu a sabedoria nos olhos da mulher. Apesar de todos os esforços do médico e de Eloise, nada mais tinha importância. Ela pressionou os olhos bem fechados para apagar as lembranças, mas elas entraram e não abriram mão de seu poder.

O filho de Lucien havia sucumbido à febre naquela mesma noite. Tinha sido como se o pequeno e querido bebê tivesse decidido que um mundo sem a mãe e o pai não era um lugar em que valesse a pena viver.

Eloise soltou a cortina, e o tecido de veludo voltou para o lugar. Passou os dedos pela têmpora e a esfregou em círculos pequenos e contínuos. Lucien a culpou por ter interferido na vida dele. Enquanto a carruagem se deslocava ao longo das ruas tranquilas de Londres, levando-a para o campo de Kent, ela se perguntava quão maior seria a culpa se ele soubesse o quanto ela havia falhado com Sara e seu filho.

Ela suspirou. Parecia, apesar de todas as suas intenções em relação a Lucien, que ela estava fadada a falhar com ele.

Ela tinha esperado por ele. Durante as horas em que Lucien permanecera montado em um cavalo castanho fornecido pelo marquês de Drake, discretamente fora da vista dos criados de Eloise, que corriam de um lado para outro com sua bagagem. Ela sempre fora uma jovem geniosa e impaciente, se aborrecendo quando ele a fazia esperar. Ele sabia que aquela jovem não iria atrasar sua viagem.

Então, ela saiu da casa, seus pequenos ombros alinhados e seu queixo inclinado para cima. Com sua postura, ela concorria com uma rainha. Ele passou o olhar pelo seu corpo. Com sua capa verde esmeralda, o tecido fino e o corte perfeito que o impediam de esquecer da grande distância entre os dois. A respiração dele ficou presa em seus pulmões quando ela aceitou a mão de um criado, permitindo que a ajudasse a subir na carruagem.

Lucien estreitou os olhos para o garboso criado que pegou na mão dela. Mesmo à distância, ele teria de ser cego para não notar a luxúria nos olhos do bastardo. Pelo diabo e todo o seu exército de demônios, se o homem estivesse a seu serviço, seria despedido sem uma carta de referência por ousar olhar para Eloise como fizera agora. *Por que você se importa? Ela não é da sua conta. E, depois desta viagem, ela não será mais nada para você.*

Então, Eloise parou, um pé dentro da carruagem de laca preta. Ela olhou em volta, e Lucien suspeitou de que ele fosse de fato a pessoa por quem ela procurava... e pior... o seu atraso tinha sido, de fato... por causa dele.

Seus lábios vermelhos e cheios, que ele adorara na noite anterior, se viraram para baixo com um olhar desapontado, e então ela desapareceu dentro da carruagem. Momentos depois, o veículo balançou para a frente e seguiu caminho pelas ruas vazias de Londres.

Ele tocou em sua montaria emprestada e foi atrás dela. O súbito desejo de se juntar a ela dentro de sua bela carruagem não tinha nada a ver com o frio incomum do ar da primavera. Tinha tudo a ver com ela.

Uma única gota de chuva atingiu seu olho. Seguida por outra. Com as rédeas do cavalo na mão, ele puxou a aba do chapéu para baixo, mas isso pouco fez para protegê-lo da chuva constante que agora caía, escorrendo em riachos frios em suas bochechas. Mas ele já não sentia o frio. Vivendo nos lugares enlameados, gélidos e úmidos dos campos de batalha europeus, já não se sentia incomodado com um pouco de chuva. Relâmpagos se espalharam pelo céu, que então se abriu em uma torrente de chuva.

Com um xingamento mudo, ele a seguiu enquanto deixavam para trás as ruas de Londres. A tempestade implacável ensopava suas roupas. Ele abraçou o desconforto, acolhendo o ferrão da chuva até que ela o resfriou, deixando-o entorpecido. Isso o distraía da lembrança da dor dela na noite anterior.

Quando a procurara, fizera aquilo cheio de uma raiva ardente por ter sua vida ditada por ela mais uma vez. Por se tratar de Eloise, da mulher que ele considerava uma grande amiga, tinha sentido a pior das traições. À luz desse novo dia cinzento, com sua carruagem rápida levando-os na direção de sua família, ele fora humilhado sob a compreensão de que se tornara um homem agressivo. Que, em matéria de traição, tinha falhado com Eloise muito mais do que ela. Leal e firme desde que fizeram o primeiro juramento de amizade com lama e saliva, como pagara essa lealdade anteriormente... e agora...? Excluindo-a da vida dele.

Ele fechou os olhos por um momento. Depois abriu-os, piscando novamente por causa da chuva torrencial que turvava a sua visão da carruagem. Ele olhou para a distância e as suas reflexões sobre culpa sumiram. O que é que o cocheiro dela estava pensando? O homem tolo acelerou a uma velocidade vertiginosa. O coração de Lucien congelou quando a carruagem dela se inclinou precariamente para a esquerda e, praguejando, ele chutou seu cavalo para um galope rápido.

Por Deus, se ela quebrasse seu maldito pescoço nestas estradas enlameadas correndo para visitar seu pai, ele primeiro mataria o cocheiro e depois a mataria novamente por sua loucura.

15

Eloise leu o conteúdo do bilhete em sua mão, o estômago se contorcendo. Ela o colocou de lado sobre o banco da carruagem, abandonando seus esforços. Desde que era criança, se sentia mal em carruagens. A leitura só aumentava o desconforto. Ela respirou lentamente, várias vezes, pelo nariz. Era muito pouco confortável... e um verdadeiro incômodo. Ela suspirou. Mesmo assim, Eloise sabia bem o que a mensagem de Palmer dizia. Ela também sabia que nem ele nem Richard diriam nada... mas os dois ficariam desapontados com sua incapacidade de influenciar a mente de Lucien.

É claro que eles sabiam da obstinação de Lucien em não aceitar interferências em sua vida. Quando pressionado... ele simplesmente teimava mais do que nunca.

A carruagem pulou com outra depressão particularmente profunda na estrada, e os dentes dela bateram. Ela grunhiu e se segurou nas bordas do assento para evitar cair.

Inferno.

Tomou mais um fôlego superficial e apertou os olhos para combater a náusea, quando a carruagem deu uma virada brusca. Eloise foi arremessada para a frente e bateu no banco oposto. Ela piscou, momentaneamente aliviada com a cessação do movimento infernal do carro, e então os gritos romperam o silêncio.

– Que diabo está fazendo ao correr pela estrada dessa maneira?

Eloise arregalou os olhos e sentiu o coração martelar. Fez força para se levantar e recuperar o assento. Puxou a cortina com força suficiente para quase arrancá-la do trilho, a tempo de ver Lucien balançar sua perna musculosa no dorso de um enorme cavalo castanho.

O que...?

Amaldiçoando a chuva constante e esmagadora que embaçava o vidro da janela, ela empurrou a porta. Uma rajada de vento bateu em seu rosto.

– Lucien? – ela gritou na tempestade uivante.

Ele desmontou. Suas botas pretas chutaram a lama, espirrando-a em sua calça preta. Com a força da chuva fria, ele devia estar desconfortável.

Então ela reconheceu o olhar dele.

Repreensão.

A julgar pela carranca, ele não estava desconfortável... ela engoliu com força – estava furioso. Estoico e elegante, com pisadas firmes e determinadas, ele podia muito bem estar em um salão de baile em vez das velhas e maltratadas estradas romanas para Kent.

– Que diabo está fazendo?

Ela abriu a boca e depois lhe ocorreu: ele falava com seu condutor.

– Peço desculpas. Achei que fosse um bandido.

Os lábios dela se retorceram. Bufando como estava, Lucien não parecia o filho de um visconde nem um distinto mordomo.

Lucien parou ao lado da carruagem e olhou de relance para o condutor de um metro e meio de altura.

– Viajando nesse ritmo, vai fazer sua senhora quebrar o pescoço – disse ele.

O homem abriu e fechou a boca, um brilho indignado em seus olhos vermelhos.

– Eu imploro.

– Pare com isso – ordenou Eloise, sua atenção em Lucien.

Ele se retesou com a interrupção dela e virou-se lentamente.

– Eloise.

Ela ficou com o corpo meio dentro, meio fora da carruagem, a chuva fria batendo em sua cabeça e irritando seu olhos, mas sorriu.

– Você veio.

Lucien passou a mão pelo rosto e fez uma oração silenciosa. Ele baixou o braço para o lado.

– Entre em sua maldita carruagem.

O sorriso dela se apagou e ela se irritou com o tom de comando dele. Ora, ela não era uma das criadas dos Drake. Ela era...

– *Agora* – ele rosnou.

Eloise rapidamente voltou para dentro, mas isso não tinha nada, absolutamente nada a ver com o medo e tudo a ver com a chuva. Sim, era apenas um esforço para permanecer seca.

A carruagem mergulhou sob o peso de Lucien enquanto ele entrava na cabine. O que antes tinha sido um espaço confortável e generoso encolheu com sua figura imponente.

Com o choque de sua presença, Eloise registrou o frio absoluto que golpeou sua pele. Cruzou os braços sobre o peito e se abraçou.

– L-Lucien – ela gaguejou, os dentes batendo ruidosamente.

As sobrancelhas dele mergulharam.

– O-O que...?

Ele xingou e a puxou.

– Vai acabar morrendo de frio.

Eles registraram suas palavras ao mesmo tempo. Seus corpos ficaram quietos. Ela estendeu a palma da mão.

– Sinto muito – ela sussurrou suavemente. Ela se desculpava pelas perdas que ele conhecera, pelos planos dela de reuni-lo com sua família, pelo braço perdido, pelos anos que passara no Hospital de Londres, pela perda da amizade deles....

Lucien conseguiu fazer um aceno conciso e então o arrependimento em seus olhos foi substituído pela indignação anterior. Com outro xingamento, ele abriu a porta.

– Para uma estalagem, rapaz. – Com esse comando brusco, fechou a porta com força atrás de si. A carruagem balançou para a frente e retomou seu movimento nauseante.

Como ele assumira o comando sem esforço? Ele seria para sempre um homem do exército.

– Uma estalagem? Lucien, precisamos continuar. – A morte do pai dele era iminente.

Ele correu um olhar metódico para cima e para baixo, de seu emaranhado de cachos loiros molhados até suas saias úmidas.

– Presumo que não esteja pensando em fazer o resto desta viagem esquecida por Deus do jeito que está.

Como se o seu corpo gelado exigisse mais uma lembrança de seu estado atual, um tremor percorreu sua espinha. Ela esfregou os antebraços para fazer recuar os arrepios em sua pele.

Lucien tirou o manto molhado e o atirou no chão.

– Aqui – ordenou, despindo-se de seu casaco.

– O que está...? – As palavras dela terminaram quando ele a colocou sem esforço no colo dele. E assim, o balançar nauseante da carruagem, o frio do corpo dela, tudo desvaneceu e, foi substituído pelo calor que rapidamente se espalhou por estar nos braços dele.

A carruagem deu um tranco na estrada, provando que aquilo era uma mentira. Seu estômago revirou. Ela engoliu a onda de náusea, disposta a não fazer de si mesma uma tola humilhada ao jogar o conteúdo de seu estômago aos pés dele. Outra batida. Ela gemeu.

Lucien inclinou o queixo dela para cima, e, quando falou, seu tom era grave.

– O que foi? – perguntou ele, enquanto olhava para o rosto dela.

Eloise conseguiu fazer um aceno tremido. A carruagem balançou e ela fechou os olhos, concentrando-se em sua respiração, desejando que a náusea diminuísse um pouco.

Ele passou os nós dos dedos sobre as bochechas dela, agitando os cílios, forçando seus olhos a se abrirem.

– Ainda se sente mal em carruagens? – Havia uma nota melancólica em suas palavras, como se um pedaço de seu passado tivesse acabado de revisitá-lo naquele momento.

Eloise fez um leve movimento com a cabeça.

– N... – O estômago dela se torceu. – Sim – ela terminou em um lamento agonizado.

Lucien descansou sua palma fria e úmida contra a bochecha dela e a aconchegou gentilmente em seu peito. A sensação boa aliviou um pouco da náusea, tornando-a suportável para que ela pudesse se concentrar, mesmo que apenas um pouco, em como era absolutamente bom estar nos braços dele – como uma volta para casa.

– Só a minha família para te dar coragem para fazer isso. *Eu enfrentaria isso o dia todo, todos os dias, por você.*
– Sim.

Ele se calou, e não era o silêncio hostil e tenso que ela esperava do homem que havia assumido um emprego na casa do marquês. Pelo contrário, era o silêncio pacífico e companheiro que eles conheceram antes. Dois amigos que se conheciam tão bem que podiam terminar os pensamentos um do outro.

Um vento forte bateu na porta da carruagem e o veículo balançou. Ela mordeu com força o lábio inferior.

Lucien fez círculos nas costas dela.

– Calma... – ele sussurrou no seu cabelo.

Ela sugou outra respiração lenta. Ele se inclinou e ela fez um som de protesto, mas ele simplesmente arrancou a gravata umedecida.

– O que...?

Lucien pressionou-a contra a testa dela, sua mão firme e reconfortante contra a pele de Eloise.

– Vamos ver – ele encorajou. – Isso ajuda?

Quase nada. No entanto, dizê-lo resultaria na perda de seu toque.

– Sim, ajuda. – Ela deitou a bochecha contra o peito dele e fechou os olhos. O coração de Lucien bateu forte e firme sob seu ouvido. Quantos anos ela passara preocupada com ele, esperando que uma mensagem trêmula a informasse que Lucien havia perecido na batalha? A dor dessa perda a teria destruído. E assim, a Eloise Gage, que tinha ficado no limiar da adolescência e da mulher, se deitava à noite negociando com o Senhor. E nos seus dias mais temerosos, com o Diabo. No final, parecia que o Diabo tinha ganhado.

– Tive saudades suas. – As palavras sussurradas encheram a carruagem e, como se a natureza protestasse a sua ousada afirmação, o trovão retumbou à distância.

– Eu também senti sua falta – ele disse, assustando-a com as palavras calmas que vinham de seu peito.

Eloise lutou com a náusea e inclinou-se para trás.

– Aposto que nunca chegou a pensar em mim.

Um pouco de culpa refletiu-se na íris cinzenta e tempestuosa dos olhos dele. A jovem olhou para o outro lado. Ela não queria falsidade da parte dele. Lucien acariciou o polegar sobre o lábio inferior de Eloise e ela se retesou, olhando para ele mais uma vez.

– Não vou mentir para você, Eloise. Não pensei em você no sentido romântico. – Ela se encolheu e seu corpo queimou de tristeza, trazendo de volta o frio. – Mas pensei em você. Muitas vezes contei as histórias do nosso tempo... – Ele fez uma pausa. – E dos meus irmãos na infância. Esses momentos, se você quer saber, amenizavam os horrores da guerra.

Essas palavras deviam ser suficientes, e, para uma mulher mais digna e honrada, provavelmente seriam. Porém, Eloise estava agarrada a todas as coisas horríveis, porque egoisticamente queria mais dele.

– O que aconteceu com você depois que fui embora? – Essa pergunta parecia ter sido arrancada para fora, como se ele temesse uma resposta, mas ao mesmo tempo precisasse daquele pedaço do passado dela.

Eloise deslocou-se do colo de Lucien e recuperou o lugar em frente a ele. A boca de Lucien se comprimiu. Desagrado? Arrependimento? Uma parte dele ansiava pela proximidade do corpo dela da mesma forma que ela ansiava pelo dele?

– O que se pode esperar de uma jovem – disse ela, com um pequeno encolher de ombros. – Fui para Londres. Me casei. – O coração dela acelerou. – Meu pai morreu pouco depois que você partiu. – Ela dobrou as mãos no colo e olhou para os dedos entrelaçados. Os fios que sustentavam o tecido da vida dela se desmancharam tão bem como se tivessem sido arrancados de uma moldura de bordado.

Lucien se inclinou sobre a carruagem e descansou a mão sobre a dela, confortando-a, tranquilizando-a. Ela olhou para os calos, ásperos e grosseiros. Não a mão que ele possuía quando era um jovem cavalheiro.

– Sinto tanto, Ellie. Eu devia ter estado lá com você.

Ela conseguiu dar um sorriso.

– Está tudo bem – disse ela. Durante um tempo não esteve tudo bem. Durante um tempo, ela esteve sozinha em sua dor. Por mais que tivesse amado e sentido falta do marido e do pai, a vida acabara por seguir em frente, levando-a consigo. Eloise tinha encontrado coragem para con-

tinuar. – Meu marido e eu regressamos a Londres pouco tempo depois...
– Que a mulher e o filho de Lucien sucumbiram à febre. Ele lhe deu um olhar questionador e ela emendou o que pretendia dizer. – Ele morreu menos de seis meses depois de termos voltado.

Lucien passou a mão para cima e para baixo no rosto e depois a pousou sobre os lábios.

Quanta perda ela conhecia.

Depois de ter voltado e de saber que estava viúvo, também lamentando a perda de seu filho, ele definhara em um hospital, disposto a morrer, contemplando os dias e as maneiras pelas quais poderia finalmente terminar com sua existência infernal. No entanto, Eloise tinha reentrado em seu mundo, de forma corajosa e resiliente. Admiração instalou-se dentro dele pela mulher que ela se tornara.

– Como era o seu marido? – Esperava que o homem sem rosto tivesse sido digno dela.

– Gentil – ela respondeu automaticamente. Ótimo. Porque, se não fosse, Lucien iria persegui-lo no além. – Ele também era generoso. Nós nos tornamos amigos depois que você...

Depois que ele partiu, ela desejava aquele companheirismo que tinham antes. Não precisou dizer as palavras.

Ela resumiu.

– Éramos amigos.

Uma astuta e sombria emoção lhe correu pelo estômago, ameaçando consumi-lo. Ele apertou a mão com força ao seu lado. Se já não fosse para o inferno pelos crimes que cometera contra muitos em nome da guerra, iria para lá agora, com a inveja se torcendo por dentro em relação ao homem que a desposara. Por que haveria ele de sentir o monstro verde do ciúme?

– Não tínhamos o amor avassalador que compromete a razão e o julgamento. – Ela balançou a cabeça, falando com a maturidade de uma mulher. – Mas nós conversávamos muito. Ele se preocupava com minhas opiniões. Ele me ouvia.

Ela merecia isso e muito mais. Então, por que Lucien odiava tanto o falecido conde?

– Enquanto a maioria dos cavalheiros trata suas esposas como propriedades e meras escravas, ele preparou um contrato que me garantiria... – As palavras dela se interromperam. – Isso me fez saber que ele se importava comigo. – Ela olhou para ele, a emoção brilhando em seus olhos. – Ele me amava – disse ela, em um sussurro despedaçado. – E ele merecia mais. Um homem bom, encantador, que deveria ter conhecido o amor. – Eloise inspirou com dificuldade. – Eu não o amava – ela sussurrou aquelas quatro palavras, falando mais consigo mesma.

Diante dessa confissão, um pouco da pressão se aliviou no peito de Lucien, de alguma forma o libertando e aterrorizando, tudo ao mesmo tempo.

Ela deixou cair o olhar para as mãos bem apertadas.

– A culpa por isso vai me seguir até eu deixar este mundo para me juntar a ele. – Ela caiu em silêncio. O padrão constante da chuva no teto da carruagem encheu o espaço. O ping-ping-ping ecoando a confissão assombrosa que ela tinha feito.

Ah, Deus. O mundo estava inundado de culpa. Todos esses anos, ele vivera sob o peso do remorso por ter falhado com Sara e com o filho. Eloise devia conhecer uma culpa parecida com a dele. Lucien se inclinou mais uma vez e tocou seu joelho. Ela levantou a cabeça.

– Não pode carregar a culpa por isso, Ellie – disse, calmamente. Leal e amorosa como ela sempre fora, ele não conhecera Sherborne, mas apostava o que restava de sua alma negra que o homem não iria querer isso para ela. – Você foi uma boa esposa enquanto ele viveu. Fiel – ele arriscou, sabendo por intuição que ela nunca havia traído o marido.

Os lábios dela se retorceram em um sorriso seco.

– Ele podia muito bem ter tido um cão.

Como ela não percebia seu próprio valor? Como não percebia que os anos que tinha dado a Sherborne tinham sido os mais felizes que o homem conhecera? Lucien sabia disso porque alguns dos momentos mais alegres de sua vida tinham sido passados ao lado dela nos campos de Kent.

– Amando-a como ele amou – murmurou –, iria desejar que você fosse feliz.

Eloise viu seu olhar de frente.

– E quanto a Sara? Não iria querer o mesmo para você?

Ela tinha ido direto ao assunto. Ele apertou e soltou a mandíbula.

– Não é a mesma coisa – disse ele, grosseiramente.

Eloise arqueou uma sobrancelha loura.

– Não é? – Ela era implacável. – Você não tem o mesmo sentimento de culpa?

Lucien enfiou a mão em seu cabelo.

– É diferente. – Eloise estava lá, firme e devota ao lado do marido quando ele dera seu último suspiro. Onde estava Lucien? Fora, lutando feito um louco porque tinha sido demasiado fraco para contestar os anseios do pai.

Ela falou por cima dele.

– Você acredita que Sara iria gostar de saber que não fala mais com sua família, ela que o amava tanto? Que você definhava em um hospital sem ninguém a não ser estranhos para cuidar de você?

– A marquesa é uma boa mulher – disse ele, sua voz mais alta. A marquesa de Drake, com sua tenacidade, tinha-o tirado do desespero, e ele ficaria para sempre em dívida com ela pela bondade e com o marquês pela oferta de emprego.

Eloise caçoou.

– Admita – disse. – Não se trata de a marquesa ser uma boa mulher. – Ela falou como se explica algo a uma criança. – Isso se refere ao fato de que você é um covarde.

Sua acusação o atingiu.

– Perdão? – ele perguntou, com um sussurro sedoso que teria aterrorizado a maioria dos homens, quanto mais uma mulher frágil como Eloise.

Mas ela nunca tinha sido como qualquer outra mulher que ele conhecera.

– Um covarde. – Ela enunciou a palavra tão claramente como se estivesse ensinando alguém a falar uma língua estrangeira. – Seu pai insistiu que você se alistasse no exército, sua esposa morreu, assim como seu filho – disse ela, com um pragmatismo impiedoso que o fez vacilar. – Você perdeu o braço. – Eloise passou o olhar azul esverdeado sobre seu rosto. – E eu lamento demais que tudo isso tenha acontecido – disse ela, desta vez em tom suave. – Mas aconteceu, Lucien, e você não pode mudar isso. Você não pode mudar nada fingindo que sua família não existe ou se escondendo na casa da marquesa como um criado. Nem uma única coisa que faça vai restaurar o que você perdeu. – Ela fez uma pausa. – Exceto para a sua família. Esse é o único assunto que está a seu alcance curar e consertar. – Eloise fez uma careta. – Se você não fosse tão teimoso para tratar disso. – Ela afundou de novo em seu assento e cruzou os braços.

Lucien estudou-a durante um tempo. A emoção rugiu em seu ser. O ultraje aqueceu o sangue nas veias dele. Insensível, indiferente, ela tinha atirado as perdas que ele tinha sofrido em seu rosto. Ele queria acender as chamas de sua raiva por causa da menção calma do nome de Sara e de seu filho... e do braço perdido. No entanto, como ela segurou seu olhar, com suas bochechas vermelhas de emoção elevada, ele não poderia dragar a fúria adequada, porque, em sua precisão, as alegações dela tinham um elemento de verdade.

– Não tem nada a dizer? – ela gritou.

E, porque reconhecer que as acusações infalivelmente precisas de Eloise o assustaram mais do que todo o exército de Boney, covarde que ele era, Lucien fez tudo o que podia fazer para silenciá-la. Ele atravessou a carruagem e a puxou para seu colo novamente.

– O que...?

Ele a beijou.

16

Eloise congelou com a imprevisibilidade do abraço dele, e, para se apoiar, colocou as mãos nas ondas frias e macias do cabelo de Lucien, baixando a cabeça dele para melhor usufruir do momento.

Ele gemeu em aprovação, aprofundando o beijo. Lucien deslizou a mão entre eles e explorou o corpo dela como se procurasse marcar cada parte da pele de Eloise em sua palma. Envolveu o seio dela e então puxou o tecido de seu decote para baixo, expondo-a ao olhar dele. Ela corou com a intensidade daqueles olhos cravados em seu corpo e tentou detê-lo. Ele parou os movimentos dela com uma mão firme.

– Não – ele pediu, sem fôlego.

Ela obedeceu, e sua respiração ficou presa com a ansiedade enquanto ele acariciava seu seio. O mamilo dela brotou, e ele pegou o pequeno botão inchado entre o polegar e o indicador. Eloise recuou um pouco, consciente da impropriedade de suas ações.

– Eu nunca... – A cabeça dela caiu para trás quando ele baixou os lábios até seu seio.

Ele congelou. Seu hálito ventilou na pele exposta dela.

– Nunca o quê? – perguntou ele, em um sussurro rouco.

– Nunca soube que podia ser assim. – Todos os momentos com o marido tinham sido rápidos, embaraçosos e monótonos. Não houvera nada do êxtase que ela sentia com Lucien.

Ele fechou os lábios por cima do mamilo dela e um gemido de dor escapou dos lábios de Eloise. Lucien beijou o botão, adorando-o com sua boca, beijando a ponta até sentir que o corpo dela estava flutuando. A lógica deixou de existir. A razão já não importava mais.

Nada além de finalmente conhecer Lucien e... a carruagem balançou perigosamente.

O estômago de Eloise revirou. Ela fechou os olhos com muita vontade de afastar o mal-estar. A carruagem pulou em outra depressão na estrada. O conteúdo do estômago dela rugiu. Ela saiu do colo de Lucien e concentrou-se em respirar mais uma vez.

Ele a encarou através de pestanas grossas e pretas. Uma preocupação tangível substituiu a névoa espessa do desejo dentro das suas profundezas cinzentas de momentos atrás. Lucien cravou um olhar questionador no rosto dela.

Por favor, não passe mal. Por favor, não passe mal. Por favor, não passe mal. Outra pancada. Ela engoliu várias vezes.

Um sorriso compreensivo apareceu nos cantos dos lábios de Lucien.

– Não tem graça – disse ela, palavras que lhe custaram muito caro. Cobriu a boca com a mão e depois, pela graça de Deus, passou a vontade de despejar o conteúdo de seu estômago.

Ele balançou a cabeça.

– Eu não me atreveria a encontrar humor em sua angústia, Ellie. – O coração dela flutuava. – Acho que sua tendência a passar mal em carruagens é uma interrupção inconveniente.

Eloise corou. Ela lhe deu um pontapé com a ponta do sapato.

– Oh, cale-se. – Ele curvou-se e capturou o pequeno pé dela na mão. Ela engoliu e depois a carruagem parou. Eloise foi arremessada para a frente, derrubando Lucien de costas e aterrissou em cima dele em um monte enorme de saias de cetim indecentes. Eloise saiu do colo dele quando o cocheiro deu uma batida na porta da carruagem. Com os dedos trêmulos, ela endireitou o corpete do vestido.

– Chegamos a uma estalagem, senhora – gritou o homem, em meio à tempestade feroz. Abriu a porta e a chuva e o vento entraram por ela.

Lucien saltou sem esforço, sem dar nenhuma indicação de que a tinha acariciado e beijado habilmente até que os pensamentos dela se misturaram e...

– Senhora?

Ela sacudiu a cabeça e ofereceu a mão ao criado no momento que Lucien pisou entre eles. Eloise aceitou a sua mão esticada e desceu. Seu pé afundou em uma poça fria e enlameada e ela enrugou o nariz, e então acelerou o passo para combinar com os mais longos dele. A pousada com um letreiro de madeira torto no topo da porta surgiu em seu campo de visão. Lucien abriu a porta e permitiu a entrada dela.

Os ocupantes da taberna olharam para os intrusos. Um homem pequeno, não muito mais alto do que ela e três vezes mais largo, curvou-se.

– O que...

Lucien falou, interrompendo-o.

– A dama precisa de quartos para a noite. Dois – ele se apressou em esclarecer.

O homem bateu na testa suada.

– Teria todo o prazer de oferecer os quartos.

– Ótim...

– Mas só tenho um, senhor – explicou o proprietário, com um sorriso arrependido. Gesticulou para as paredes. – Parece que a chuva atrai as pessoas para uma boa, confortável e quente pousada. – Ele riu agitadamente, como se tivesse dito uma grande piada.

– Você entendeu mal a situação – disse Lucien. Ele franziu a sobrancelha e olhou para a sala lotada de homens com aparência rude que ainda os encaravam com desconfiança em seus olhos flácidos. – Talvez possa encontrar...

Eloise enfiou o cotovelo na lateral dele.

– O meu marido – ela lhe deu um olhar afiado. – E eu adoraríamos o quarto que está disponível.

O homem acenou com a cabeça, desalojando os poucos fios pretos de cabelo oleoso espalhados sobre a cabeça.

– Muito bem, senhora. – Ele inclinou a cabeça. – Podem me seguir? – Começou a subir as escadas.

Lucien ficou parado, um músculo latejando no canto do olho.

Ela limpou a garganta. Ele não ficou satisfeito. No entanto, o peso colocado em seus ombros largos e o brilho frio em seus olhos falavam de uma emoção muito mais poderosa que o descontentamento. Medo, desejo e um desespero assustador se transformaram em vida dentro de seus olhos.

– Lucien – ela começou.

E então, com a pronúncia do nome dele, todo indício de emoção desapareceu, e ela se perguntou se simplesmente desejava que essas emoções existissem.

O proprietário parou na base das escadas e lhes deu um olhar interrogativo.

Eloise deu uma olhadela.

– Não se pode dormir bem nos estábulos – disse ela, em voz baixa. Um calor embaraçoso tocava suas faces para os olhares curiosos que agora mereciam.

– Eu não sou...

Ela pôs as pontas dos dedos na manga dele e inclinou o queixo para cima.

– Senhor?

Quando lhe foi apresentada a possibilidade de ignorar o toque de Eloise e rotulá-la de mentirosa ou permitir que ela os guiasse pelas escadas até o quarto solitário da pousada, Lucien se viu atraído por esta última.

Apesar de toda a sua fúria com a interferência dela, sua mentira ousada e o escândalo que seria imputado a uma viúva que tomasse um quarto com o mordomo do marquês, ele não a veria humilhada. Então, ele a seguiu. A tensão irradiava através de seu ser. Eles já tinham sido amigos. Amigos que nadaram juntos no lago gelado na propriedade do pai.

Eles entraram no corredor, seguindo silenciosamente atrás do proprietário. Simplesmente iria partilhar um quarto com a Ellie de seu passado. A menina com um sorriso atrevido, espírito tenaz e...

O homem pressionou a maçaneta da porta e os conduziu para dentro.

E agora uma cama. Seu olhar fixou-se na cama larga, surpreendentemente arrumada e limpa, de linho branco e revigorante, com um cobertor floral.

Eloise tirou a mão da manga dele e entrou no aposento. Percorreu um pequeno círculo em torno do quarto, examinando-o silenciosamente. Então, beneficiou o proprietário com um sorriso.

– Obrigado, Sr....?

– Rooney – ele respondeu rapidamente. As bochechas dele ficaram cor-de-rosa e ele olhou para ela com uma expressão sonhadora.

– Sr. Rooney. – Ela alargou o sorriso. – Obrigada pela sua ajuda.

O homem mais velho suspirou.

Lucien fechou a mão em punho, detestando o impacto de Eloise sobre os homens. Quando é que a pequena Ellie aprendera a sorrir como... dessa maneira? Como se o homem fosse o único na sala. Um sorriso sedutor que o lembrou muito claramente de que ela poderia ainda possuir o sorriso atrevido e o espírito tenaz, mas não era mais uma garota. Quem lhe ensinara essas lições?

– É tudo – disse ele.

O Sr. Rooney se assustou e, com um murmúrio incoerente, tropeçou em seus próprios pés na pressa de partir.

O sorriso de Eloise desapareceu e era como se uma nuvem tivesse apagado o sol.

– Não gosto deste seu lado, Lucien – disse ela, como se estivesse repreendendo uma criança.

Ele deu um passo em direção a ela.

– E que lado é esse, Eloise? – sussurrou.

Ela se afastou.

– O zangado. – Ela cortou o ar com uma mão. – O cavalheiro que agora fala como... como...

Ele avançou.

– Como o quê?

– Como um homem que não foi criado como se fosse filho de um visconde.

Lucien parou diante dela. Seus joelhos bambearam.

– E é tão importante para você que eu já não seja o filho desse visconde?

Eloise levantou a cabeça para olhar para ele.

– Você será sempre o filho do visconde. Pode assumir a posição de ajudante, criado ou mordomo, mas será sempre um cavalheiro.

Ele queria cuspir palavras mordazes para ela. Provocá-la por ousar acreditar que ele poderia ser o Sr. Lucien Jonas, o terceiro filho de um visconde influente. Acabar com qualquer atração tola que pudesse existir entre eles.

Só que... ele deu um passo à frente. Virou-se e olhou fixamente para a janela. Durante cinco anos, a última vingança, a única vingança que ele tivera contra seu pai, insistindo nessa missão, fora a rejeição à sua família. Tinha voltado da guerra e dado as costas a seus parentes, a sua linhagem e ao papel de cavalheiro. Não percebera até agora que tinha sido uma vitória vazia. O trabalho que ele assumira, embora honrado e seguro para enfurecer seu pai, nunca traria Sara de volta.

Lucien invocou seu rosto. Apertou bem os olhos e tentou desenhar a imagem que carregara em seu coração e mente por quase seis anos, uma imagem que não vinha. Em vez disso, cachos loiros e bem enrolados, um olhar azul esverdeado e um corpo esbelto inundaram sua mente.

Eloise tocou seu ombro.

Ele se sobressaltou. Seu coração bateu forte e rápido no peito enquanto o pânico lhe tomava os sentidos.

– Que foi, Lucien? – Sua voz rouca envolveu aquelas três palavras.

Lucien balançou a cabeça e começou a ir para a porta.

Um barulho de saias e o suave som de pés deslizando encheram o espaço tranquilo. Eloise se colocou entre ele e a porta, bloqueando a fuga.

– Não. – Ele deu um passo à direita. Ela combinou o passo com o dele. – Eu disse que não. Não pode simplesmente fugir. – Outra vez.

– É isso que acredita que eu fiz?

Ela arqueou uma sobrancelha.

– E não foi?

– Você não sabe nada sobre isso. – Ele a rodeou.

– Para alguém que é um amigo, você certamente me subestima – ela exclamou, segurando a mão dele. – Você me considera fraca. Acredita que não sei nada sobre luta e sofrimento. Acredita que não enfrentei a tragédia, e por quê? – A voz dela bateu nele. – Porque eu não fui para uma guerra, Lucien? Eu também perdi. Na vida.

Suas palavras tiveram o mesmo efeito que uma lança transpassando seu coração, os músculos de seu estômago contraídos com o peso da confissão de Eloise. Ela falou, interpretando claramente seu silêncio tenso como condenação.

– Mas, se eu insistisse na injustiça de tudo isso, me afogaria, e eu sei que mereço mais do que isso.

Ela merecia muito mais.

– E você também merece mais – ela terminou, suas palavras tão suaves que ele se esforçou para ouvir.

Lucien se concentrou no ruído da chuva batendo no vidro da janela como chumbo e no ranger das tábuas do chão enquanto Eloise se movia pelo quarto. Esses sons inócuos o impediram de pensar em sua própria perda. Ele pensou em tudo o que ela sofrera, toda a perda que ela tinha conhecido. A agonia retorceu seu estômago e ele quase rachou sob o peso da dor. A menina Eloise tinha partido, e a mulher que se tinha tornado era merecedora de mais do que uma existência trágica, vazia e solitária. Esse destino fora reservado para bastardos de coração frio que faziam coisas em nome da batalha e eram enviados para o inferno, como Lucien e tantos outros. Mas não Ellie. Ellie era boa, pura e digna.

– Tenho que ir – disse, com a voz rouca. Sem olhar para trás, ele saiu.

17

Eloise olhou fixamente para a bandeja de comida intocada trazida no início da noite por uma jovem linda e loura. Não era o marido dela. Ou, pelo menos, o marido que fingia ter.

Não, Lucien tinha saído do quarto e desaparecido. O tempo tinha passado. A tempestade acabou rompida pelos mais fracos vestígios de luz solar, projetados através das nuvens cinzentas. Finalmente, o céu noturno avançou sobre o dia... e ainda assim, ele não veio.

Ela se deitou e olhou para o teto de gesso. Lascas de tinta se desprendiam. Com um suspiro, Eloise jogou o antebraço sobre a testa, cobrindo sua visão do teto deprimente. E por que ele deveria voltar? Primeiro, ela não era sua esposa e ele desejava proteger sua reputação. Segundo, ele se ressentia por ela ter interferido em suas relações familiares. Ela se virou de lado e olhou para o céu da noite. Por fim, ele não gostava dela. Os lábios de Eloise se contorceram. Ah, ele gostava dela o suficiente para silenciá-la com beijos como agora costumava fazer, mas um beijo carregado de ódio não era amor. Nem sequer tinha sido uma estima afável.

Eloise mastigou o lábio inferior. Ele gostaria muito menos dela se descobrisse que tinha falhado com Sara. O que pensaria ele de Eloise, então?

Lucien era um homem que amava com grande profundidade, mas também era dado a outras emoções com a mesma intensidade. A antipatia que ele carregava por seu pai, o ressentimento que guardava por seus irmãos, por ela... Eloise engoliu uma bola de emoção que entupia sua garganta. Era inevitável. Ele finalmente descobriria a verdade, e Lucien, aquele homem de grandes paixões, nunca seria capaz de separá-la daquela perda desoladora que ele havia sofrido.

Eloise cortaria seus dedos se pudesse fazê-lo ver mais do que a pequena Ellie Gage. Mas, tendo passado aqueles últimos dias, dolorosos, com a única mulher que jamais guardaria verdadeiramente seu coração, nada mais poderia esperar dela e de Lucien. Provavelmente agora, nem sequer uma amizade. Nela, ele veria para sempre a mulher que não conseguira salvar sua esposa e filho e lembraria para sempre essa perda.

Eloise enxugou as lágrimas inúteis que turvaram sua visão. Ela agarrou o cobertor e passou nos cantos dos olhos onde as gotas tinham se acumulado.

O clique da maçaneta da porta disparou como um gatilho de pistola. Ela congelou. A porta fechou mais uma vez e depois ouviu o clique da fechadura. No tempo que passara com Lucien desde que o encontrara em Londres, ela já aprendera a identificar os passos furtivos e ágeis. Ele se aproximou da cama e ela manteve os olhos fechados, fingindo dormir. Ela respirava devagar.

Lucien congelou na borda da cama e permaneceu enraizado no local. Ele ficou tanto tempo em pé que o corpo de Eloise doeu por se manter imóvel sob seu olhar. Ela se lembrou de manter uma cadência lenta e uniforme na respiração. Segundos? Minutos? Horas depois, o chão rangeu em protesto enquanto ele se deitava. Eloise olhou fixamente para o lado oposto da parede. Ele tinha vindo.

Lucien pretendia dormir no chão frio, sem cobertor ou travesseiro e...

– Eu sei que você não está dormindo, Ellie.

Ela se sobressaltou. Sem uma palavra, agarrou o travesseiro a seu lado e o jogou sobre a borda da cama, batendo no rosto dele.

– *Humpf.* – Ela atirou o cobertor para o lado da cama, jogando-o sobre o peito de Lucien.

– Está zangada comigo.

Eloise bufou. Estava zangada por ele estar zangado; com a vida, com a família, com ela. Agarrou o seu próprio travesseiro e o jogou na cabeça dele.

Ele suspirou.

Ela virou novamente de lado, sabendo que estava agindo como uma criança petulante, e realmente desejava não ter atirado seu próprio travesseiro também. O grosseirão.

Lucien atirou o travesseiro branco e emplumado de volta para a cama. O objeto a atingiu na bochecha e saltou vários centímetros, quase caindo no chão.

– Quer falar sobre isso?

Agora? Agora ele falaria disso? Ela mordeu o interior da bochecha para não lembrá-lo de que ele tinha ido embora, também como uma criança petulante.

– Não há nada a falar – ela respondeu, de modo automático.

– Quer que eu arruíne a sua reputação? – ele grunhiu. O tom dele sugeria irritação por causa da rejeição dela.

Eloise se virou para trás e se inclinou para o lado da cama.

– Sou uma viúva, Lucien. Não posso ser arruinada.

– Você sabe que isso não é verdade – disse ele, apoiando-se no cotovelo. – Você é suscetível a fofocas, senhora.

O olhar dela foi involuntariamente atraído para o espaço vazio onde antes ficava seu braço. Ele se movia com tanta graça, elegância e confiança que ela muitas vezes se esquecia de que ele tinha perdido um de seus preciosos membros. Eloise sentou-se. Aproximou os joelhos do peito e passou os braços sobre as pernas.

– Eu o amo há mais tempo do que me lembro, Lucien, e, ainda assim, durante todos os anos em que o conheço, você sempre me enfureceu. É teimoso e obstinado...

– As duas coisas são sinônimas – ele apontou, desnecessariamente.

– Mas você nunca tinha repudiado ninguém, até voltar... – *Da guerra*. Ela deixou o pensamento inacabado. Não sabia nada de guerra ou o que os homens eram forçados a fazer ou a ser nesses campos de batalha, mas imaginava que as experiências eram queimadas indelevelmente na memória de cada soldado. – Até você voltar – ela repetiu suavemente, para si mesma. Talvez os demônios de quem ele agora se escondia não fossem ela, o visconde, seus irmãos, nem mesmo Sara. Talvez estivesse se escondendo da vida que vivera longe de todos. Ela esfregou o queixo para a frente e para trás sobre os joelhos. – Sentiu saudades deles?

Ele se sentou e imitou a pose dela, colando os joelhos ao peito.

– Deles?

Eloise apontou os olhos para o teto.

– Não finja que não entendeu. – Ela chegou mais perto do lado da cama. – Seus irmãos. – Ela teve o cuidado de omitir o pai. – Eles pensaram em você muitas vezes.

– Pensaram? – perguntou ele, em tom neutro.

– Não houve uma só ocasião em que tenhamos nos visto que não tivessem mencionado seu nome.

O escurecimento de seus olhos, no entanto, indicava tudo menos respeito por seus irmãos amorosos e leais.

– Você os viu muitas vezes? – perguntou ele, com dificuldade.

Ela assentiu.

– Eles estavam lá quando eu parti para minha temporada. – Ela deslizou o olhar para longe. – E quando meu pai morreu, e depois meu marido. – Eles também estiveram lá para vê-la depois de ela ter ficado doente, cuidando de Sara e do filho dele. O melhor médico tinha sido enviado a pedido do visconde, o antigo médico da família havia sido demitido depois que Sara sucumbiu à febre.

– Sinto muito. – A voz dele, ainda arranhada como se fosse pouco utilizada, penetrou nos pensamentos dela.

Ela levantou os ombros em um pequeno encolhimento.

– Por quê?

Lucien ficou de pé e reivindicou um lugar na borda da cama. O colchão de penas afundou sob seu peso.

– Por não estar lá – disse ele. – Eu devia ter estado lá.

As pernas deles se tocaram e ela olhou para a musculosa perna de Lucien, pressionada contra a sua, mais delicada. Como esse homem poderoso e imponente era diferente do menino de sua juventude.

– Sim – sussurrou ela. – Você devia ter estado lá. – De repente, essas palavras, uma confissão libertadora, lhe deu força. – Não o invejo por amar Sara. Mas eu era sua amiga e você simplesmente se esqueceu de mim. – A pele dele ficou cinzenta, mas ela não permitiu que a culpa sufocasse o fluxo de suas palavras. – Eu precisava de você, Lucien. Você era meu amigo... e teria escolhido a morte ao invés de mim? – Se não fosse pela marquesa, ele o teria feito. Eloise ficaria em dívida para sempre com a outra mulher, mas sempre se magoaria por ter significado tão pouco para ele.

Ele acariciou seu rosto.

– Há muitas coisas na minha vida de que não me orgulho. – Lucien olhou em seus olhos. – Mas ter me afastado de você, quando precisava de mim, deve ter sido um dos meus maiores erros. – Ele passou o polegar por cima do lábio inferior dela, aquele simples toque a queimava.

E, sabendo que esses poucos dias seriam os últimos que teria ao lado dele, Eloise se inclinou e o beijou.

Ele deveria recuar. Deveria virar a cabeça, caminhar até a porta, sair dali e encontrar seu sono nos estábulos. Havia uma série de coisas que Lucien devia ter feito. Agora... e em sua vida miserável como um todo.

No entanto, ele tinha desenvolvido o péssimo hábito de fazer o oposto do que devia.

Então, ele beijou Eloise. Beijou-a porque os quatro beijos que tinham trocado antes desse momento não eram suficientes, nem seriam suficientes. Ele colocou sua mão sobre o gracioso arco do pescoço dela para poder sorver melhor sua boca. Ela aceitou o convite e ele introduziu sua língua na cavidade quente. Eloise gemeu, revelando o som doce e vibrante de seu desejo. Lucien deslocou a mão para baixo, guiou-a pela cintura e baixou-a sobre o suave colchão de penas.

– Tão linda – ele sussurrou, traçando beijos do canto dos lábios dela, pelo pescoço e mais abaixo, até a fenda de sua camisola. *Me mande ir embora.*

Eloise envolveu as mãos no pescoço dele, ancorando-o no lugar.

– Por favor, não pare. – Sua súplica saiu como um gemido sussurrante, respondendo seus pensamentos, porque essa era Ellie, e ela sempre soubera o que ele estava pensando, mesmo quando ele próprio não sabia. – Passei toda a minha vida amando você, Lucien. Eu o quero todo.

Haveria tempo suficiente para arrependimentos, a razão e a coerência pela manhã. Por ora, eram só os dois. Enquanto tirava seu robe e depois a camisola, Lucien se comprometeu a memorizar até o último centímetro de Eloise. Ele ergueu seu seio com a mão e elevou-o até a boca.

Um suspiro doce lhe fugiu enquanto ele fechava os lábios sobre o bico do seio dela. Ele chupou e lavou a ponta rosa e inchada até que a respiração dela cresceu rapidamente e as pernas dela se abriram em um convite. Ele recuou e tirou o casaco. A mão dele foi para a calça, e então ele parou.

Eloise se ergueu.

–Venha – ela murmurou, a voz rouca de desejo. Ela tirou a calça dele, e Lucien a chutou para longe.

Um gemido passou pelos lábios dele enquanto os seus dedos espertos encontravam o membro latejante. Eloise deu-lhe um puxão rápido e suave.

– Você vai ser a minha morte – disse ele, em um sussurro agonizado.

– Espero que não. – As palavras dela terminaram em um gemido quando ele a guiou de volta para baixo mais uma vez. Ele se segurou de lado e correu a mão pelo corpo dela, os dedos procurando o centro quente dela, parando no monte de cachos dourados. Por um momento, a realidade invadiu sua cabeça corrompida, lembrando-o de que a mulher com quem ele dormia era, na verdade, Ellie Gage, agora uma condessa enquanto ele era um mero mordomo. Duas pessoas que nunca poderiam partilhar mais do que um passado...

Ela acariciou suas pernas e mordeu o lábio.

– Por favor – ela implorou.

E ele estava perdido. Lucien meteu um dedo dentro dela e encontrou sua passagem cheia de desejo. Ela gritou e apertou as pernas sobre a mão dele, encorajando-o. Ele brincou com o ponto inchado e escorregadio no centro dela até que gemidos de desejo sem sentido se misturaram a seus gritos de súplica.

Lucien deslocou seu peso acima dela e separou as perna de Eloise com o joelho. O suor salpicava sua testa. Uma gota solitária pingou em seus olhos, cegando-o, e ele piscou. Ele teria trocado de bom grado sua visão pela glória deste momento. Guiou seu membro até o ápice das coxas dela e depois parou. Lucien observou a face corada e os lábios inchados de Eloise.

Tome-a. Vocês são dois adultos que conhecem os próprios corpos e mentes. Uma pressão apertou seu peito.

Não posso. Por todas as maneiras pelas quais ele negligenciara Eloise como amiga através dos anos, ele não podia simplesmente fazer amor de forma dura e rápida com ela. Não podia, quando ela, como uma senhora e como uma mulher leal, merecia mais do que um rápido intercurso com um homem que nunca tinha sido digno dela. Se ele fizesse isso, não seria diferente daqueles bastardos malandros que procuravam um lugar na cama de uma jovem viúva.

Conhecendo agora o mesmo esforço invocado por esse Deus Titã, Atlas, com suas esferas celestes, Lucien retrocedeu, a agonia de sua decisão era uma dor quase física. Afastou-se dela e olhou fixamente para o teto rústico. Seu hálito saía duro e rápido, misturando-se com os acelerados suspiros de Eloise.

O colchão baixou quando ela se ajoelhou ao lado dele.

– Por quê... o quê...? – Ela olhava freneticamente para o rosto dele, como se procurasse respostas para explicar a retirada abrupta.

Ele atirou o antebraço sobre os olhos.

– Eu sou...

Eloise puxou seu braço com uma força impressionante.

– Não faça isso. – Ela o encarou fixamente. Seus olhos, antes pesados de desejo, agora brilhavam de raiva. – Não quero suas desculpas. Sou uma mulher, e sou dona da minha mente.

– Você é uma dama...

Ela puxou o queixo dele.

– Sou uma viúva.

Lucien sentou-se e atirou as pernas para o lado da cama. Ele capturou o queixo dela entre o polegar e o indicador.

– Mas ainda é uma dama. – E ele não a desrespeitaria ao levá-la para fora dos laços do matrimônio. Ele imaginou estar casado com ela. Uma menina nascida para ele, com tranças impossivelmente grossas, apertadas e louras. Casamento com Ellie? Ele se engasgou. Certamente não podia, nem se atreveria a considerar um casamento com Eloise. Ela era amiga dele. Mas, o desejo por ela desafiara todos os laços de amizade.

Com a mente em tumulto, Eloise desistiu de seu toque.

– Você se lembra tão facilmente de que sou uma dama. – Ela sustentou o olhar dele. – Mas se esquece de que você é, de fato, um cavalheiro.

Não importava quantos cargos ele aceitara com o marquês, ou a distinção entre eles agora... Lucien tinha nascido um cavalheiro. Quer ele quisesse quer não.

Ele ficou de pé e suspeitou que, se roubasse mais um olhar de Eloise, em sua glória nua, com fogo em seus olhos de água-marinha, iria de bom grado abandonar a vida que havia estabelecido para si mesmo nos últimos dois anos. Com movimentos rápidos, recolheu suas roupas e as vestiu. Quando estava completamente vestido, aproximou-se da porta. E, pela segunda vez naquela noite, deixou-a.

18

Partiram na manhã seguinte. Eloise saiu da pousada e ergueu a mão sobre os olhos para protegê-los da claridade do brilho intenso da manhã. O que antes parecera uma viagem miserável e escura, agora estava cheia de esperança gloriosa. Ela respirou fundo, permitindo que o ar do campo limpasse seus pulmões.

– Está pronta, senhora?

As palavras frias e objetivas de Lucien lhe provocaram uma tontura momentânea. Ela olhou para ele. O terno e gentil amante da noite anterior desaparecera. Em seu lugar estava o inflexível Lucien Jones, o soldado que regressara. Ela o brindou com um olhar de desaprovação.

Infelizmente, ele parecia imune ao descontentamento dela. Ele inclinou a cabeça para a carruagem. Com um movimentar de cachos, Eloise percorreu o caminho de paralelepípedos sobre as poças enlameadas. Como pode ele ficar tão indiferente depois do que acontecera na noite anterior?

Porque nada acontecera, sua tola. O sapato de Eloise enganchou na borda de uma pedra e ela tropeçou.

Lucien pôs o braço na cintura dela, estabilizando-a. Ela o encarou.

– Obrigada – murmurou.

Ele fez um aceno brusco, com a boca tensa.

Chegaram à carruagem e o condutor abriu a porta. Ele estendeu a mão para ajudá-la a subir. Ela hesitou por um momento e se apoiou em Lucien. No entanto, ele se afastou, ficando um passo atrás. Um serviçal mais uma vez. *Maldito.*

Ela entrou na carruagem com a ajuda do Sr. Nell, que fechou a porta atrás dela. Baixando a sobrancelha, Eloise puxou para o lado a cortina de veludo. Um criado trouxe o cavalo de Lucien. Claro que ele não se juntaria a ela. A humilhação se remexeu em suas entranhas. Ele julgara a companhia dela tão desagradável que não queria partilhar a mesma carruagem.

Sentindo o olhar dela, Lucien a olhou. Ela soltou a cortina que flutuou no lugar. Eloise sentou-se em um constrangimento doloroso por ter sido apanhada estudando-o, quando ele era tão indiferente a ela.

A carruagem começou a se mover e o mesmo aconteceu com o estômago dela. Eloise baixou a cabeça sobre os confortáveis encostos de pelúcia da carruagem. Pela primeira vez, depois de cada miserável passeio de carruagem que fizera em seus vinte e oito anos, ela agradeceu pela distração. O estômago dela revirou. Ainda que fosse uma distração miserável.

O infortúnio de seu estômago ruidoso era muito preferível à vergonha da rejeição de Lucien. Ela gemeu, e não teve nada a ver com o movimento da carruagem aumentando a velocidade. Em vez disso, estava revivendo o momento humilhante de Lucien afastando-a sem esforço, quando seu corpo tinha doído com o prazer que só ele lhe podia mostrar.

Eloise bateu com as mãos no rosto e balançou a cabeça para a frente e para trás.

– Idiota – sussurrou, as palavras abafadas pelas mãos. Quanto mais cedo ela percebesse que nunca havia, nem nunca haveria, nada com Lucien, mais cedo poderia voltar a viver sua vida.

Mas como é que ela poderia? Como... quando ele era tão real de novo?

Ela fechou os olhos e buscou o abençoado esquecimento do sono, acolhendo o limite da inconsciência que a atraía.

A carruagem saltou em um buraco. Os olhos dela se abriram quando ela escorregou para o lado.

– Nossa. – Eloise encolheu-se e afastou-se do encosto. Esfregou o antebraço e bocejou, sua mente confusa tentando descobrir o paradeiro deles. Em seguida, o veículo arrastou-se para uma parada difícil e irregular.

– Maldito homem do inferno, tenha cuidado! – O estrondoso grito de Lucien penetrou em sua confusão, e a lembrou do propósito de sua jornada – e de sua rejeição.

Ela gemeu.

Lucien abriu a porta da carruagem. Olhou seu corpo, de cima e abaixo.
– Está ferida?
– N...
O pensamento ficou inacabado quando ele enrolou o braço em volta da cintura dela e a guiou para fora da carruagem.

O Sr. Nell saltou do alto do seu poleiro com uma agilidade surpreendente para alguém tão formal.

– Mil perdões, senhora – disse ele. Tirou o chapéu e o pôs contra o peito. – As estradas estão enlameadas devido às tempestades, e a senhora me pediu para fazer a viagem o mais depressa possível.

Ela abriu a boca.

– Não à custa da vida da senhora – disse Lucien.

A pele do Sr. Nell virou cera, enquanto se afastava do brilho feroz do olhar cravado na face dele.

Eloise inseriu-se entre um carrancudo Lucien e seu criado.

– Isso é tudo, Sr. Nell – disse ela, com um sorriso gentil. Ele colocou seu chapéu preto sobre a calvície e, com uma reverência profunda, recuperou seu assento no topo da carruagem. Eloise voltou a sua atenção para Lucien. – Não precisa ser mau com ele – reclamou.

Lucien continuou olhando por sobre a cabeça dela, direto para o criado. O Sr. Nell, no entanto, foi sábio o suficiente para direcionar seu foco para as pastagens verdes e dispersas.

– Você poderia morrer pela imprudência dele.

Talvez Lucien não tivesse compreendido a magnitude da grave situação de seu pai.

– Eu pedi a ele que corresse. – Afastado como estivera durante esses muitos anos, ele não percebia que o outrora orgulhoso e ousado visconde estava nos momentos finais de sua vida.

O homem fez um som de impaciência.

– Muito bem, então você poderia morrer pela *sua* imprudência.

Ela sorriu.

– Você é insuportável.

Lucien exprimiu um sorriso relutante. O canto direito de seus lábios subiu lentamente, em uma exibição de diversão.

O riso dela morreu. Quantas vezes ele encontrara alegria ao longo dos anos? Ela arriscava dizer que tinham sido poucas. Uma brisa suave e primaveril resolveu suas saias e deslocou um único cacho, que caiu sobre os olhos.

Os dois se moveram ao mesmo tempo. Lucien estendeu a mão assim como ela o fez para recolocar a mecha no lugar. Suas mãos se conectaram e o choque emocionante do toque dele passou por ela. Eloise queria que aquilo não significasse nada. Queria adotar a indiferença afetada de uma viúva ousada e experiente que não ficaria tão envergonhada com a rejeição que ela havia sofrido à noite.

E então, ele levantou o cacho de seu cabelo. Esfregou-o entre o polegar e o indicador. Ela nunca poderia fingir indiferença em relação a Lucien. Com movimentos lentos e relutantes, ele soltou a mecha e deu um passo atrás.

– Devíamos ir embora – disse ele, calmamente.

Eloise olhou para o sol, imaginando quanto tempo tinha dormido.

– Sim. – Havia provavelmente mais algumas horas de viagem.

Lucien puxou seu relógio.

– São quase duas horas. Devemos chegar dentro de mais duas horas. – Ele deu outro sorriso torto. – Ou menos, considerando a imprudência de seu criado. – Demorou um pouco para suas palavras jocosas se registrarem. Em vez disso, ela olhou para o relógio de ouro, um presente dado por seu pai quando ele tinha dezesseis anos. O coração dela bateu forte. Um homem que abominasse verdadeiramente o pai não se apegaria a um bem material que o lembraria para sempre de sua casa da infância.

Ele seguiu o olhar dela. O sol refletiu-se no ouro cintilante.

– Você guardou – Eloise disse. Ela esperava que o homem zangado em que ele se tornara enfiasse a peça no bolso e ignorasse sua observação.

Lucien estudou a peça de ouro, embalando-a na palma da mão. Assentiu e caminhou para a beira da estrada.

Eloise mudou o pé de apoio e olhou para ele, silenciosa e contemplativa. A cabeça dele ficou curvada sobre o presente que lhe fora dado pelo visconde. Ele olhava distraído para as papoulas vibrantes que cobriam os campos, uma explosão de cores vermelhas, tão vasta que dominava a paisagem.

Lucien olhou para ela.

– Eu não vim – disse ele.

Ela inclinou a cabeça e olhou para ele de forma questionadora.

Lucien virou-se silenciosamente para o mar de papoulas. Enfiou a mão no bolso, um gesto que lembrava o jovem Lucien, e o coração dela doeu. Esse homem grande, poderoso, sem uma parte do braço, e mais, sem a esperança no coração, não mostrava nada além do que vestígios da juventude inocente que ele tivera um dia.

Eloise vagueou, o condutor pacientemente à espera, esquecido. Ela ficou ao lado de Lucien e olhou para a paisagem.

– Eu tinha prometido encontrá-la – disse ele, a voz áspera, com uma emoção descontrolada. – E não fui.

Apanhou o lábio inferior entre os dentes e sacudiu a cabeça.

– Não. Não foi.

Tinha sido o dia em que ele conhecera a filha do novo vigário... e o dia em que Eloise deixara de ter importância.

Ele se virou para ela, lançando um olhar carregado de emoção.

– Você era importante, Ellie.

Ela tentou forçar um sorriso que não viria.

– Sempre... – insistiu ele, o tom duro. Lucien a alcançou e então olhou por sobre sua cabeça para a carruagem que levava o criado e a bagagem. – Você sempre foi importante – disse ele, em voz baixa.

Eloise virou o rosto para o sol e saudou a carícia suave dos raios quentes em suas bochechas.

– Claro que sim – disse ela, porque sempre acreditara que era importante para ele. – Apenas deixei ser importante da mesma forma que antes.

Uma negação surgiu rápida e dura nos lábios de Lucien. O vínculo que ele tinha com Eloise muitas vezes desafiava a proximidade que conhecia até mesmo com seus irmãos. Frequentemente considerado como o irmão mais novo e menos importante, Eloise o havia confiado o papel de líder das suas escapadas. Ele a levava para brincadeiras estúpidas e ela o seguia. Então, ele tinha simplesmente posto de lado a proximidade entre eles, por amor a Sara. Um amor poderoso e instantâneo de um jovem que tinha visto uma beleza gloriosa sem a qual não podia viver.

Ele deu um olhar longo e lateral para Eloise, o rosto inclinado para o sol, as bochechas rosadas do calor do dia. E o amor que tinha por ela tinha sido de amigo, confidente... e ele se esquecera dela. Que Deus o ajudasse.

– Lamento, Eloise.

Os olhos dela se abriram. Ela olhou para ele de forma questionadora.

A pior parte da vida, ele descobriu, não estava nos erros que tinha cometido, mas em sua incapacidade de voltar atrás e desfazer cada um deles, e colocar sua vida e as vidas daqueles que ele amava no lugar certo. Ele gesticulou para o campo.

– Eu estava indo te encontrar...

– Foi uma tolice...

– Nos campos de papoulas para escolher as flores, eu...

Ela levantou os ombros em um encolhimento despreocupado, o gesto casual desmentido pela dor em seu tom.

– Por que você faria isso? Era um rapaz de dezenove anos. Eu era uma menina de dezessete. – Eloise cruzou os braços sobre o peito, como se estivesse se abraçando. – Foi nesse dia que você conheceu Sara.

Ela lembrou-se daquele momento crucial na vida dele. Eloise sempre fora mais amiga dele do que ele jamais fora dela, e ele a deixara de pé em um campo de flores silvestres. Ainda que a mulher que tivesse enlaçado sua atenção naquele dia se tornasse sua esposa, era imperdoável se esquecer de Eloise daquela forma.

Ele deu um passo à frente e entrou no mar de flores vermelhas.

Eloise chamou por ele.

– Onde...?

Ele caminhava devagar e estendeu a mão, movendo-a para a frente.

– Estamos aqui agora.

A Eloise de antes teria dançado alegremente pelas flores, girado em círculos até ficar tonta com o cheiro da primavera. A mulher cautelosa, que também tinha conhecido uma grande perda, olhou hesitante para a carruagem. Ela lhe devolveu a sua atenção, com um ligeiro olhar de desaprovação.

– Lucien, não temos tempo.

– Já perdemos muitos momentos, Eloise. Vamos ficar com este.

Ela hesitou e levantou as saias. Seu sapato pairou sobre a terra.

– Ambos fomos cercados por tanta morte. – Muitas. Inúmeros homens sem rosto. A mulher dele. O filho. O marido dela. O pai dela. O pai dele também desapareceria em breve.

Eloise balançou a cabeça.

– Não podemos escapar. – Não podiam escapar à morte. O significado era mais claro do que tinha dito, aquela palavra omitida.

– Não. – Ele inclinou a cabeça. – Mas podemos roubar um momento de felicidade onde pudermos.

E, com isso, Eloise completou o passo. Ela caminhou até ele. Movia-se com passos mais graciosos e experientes, os passos de uma mulher indo até ele. Ela parou.

– E então? – perguntou, arqueando uma sobrancelha.

Ele cutucou a ponta do nariz dela da mesma forma que tinha feito quando ela era uma criança irritante.

– Nunca me diga que se esqueceu de como colher flores.

Eloise bateu em seu braço.

– Você está tão incorrigível como sempre. – Sua gargalhada soou clara como sinos tocando pelos campos ondulantes.

Lucien inclinou a cabeça, desajeitadamente balançando a manga meio vazia.

– Posso precisar de ajuda, senhora. Temo que minha capacidade de apanhar flores já não seja a mesma.

Ela fungou.

– Oh, fique quieto. Você não precisa de ajuda. – Com isso, a tensão, a dor e o arrependimento do passado dos dois derreteram e ela olhou para o campo, um respingo de musselina verde entre os campos de papoulas. Eloise inclinou-se e escolheu uma única flor.

– Aqui. – Levantou-a.

Lucien ficou em silêncio, aceitando os botões selecionados que ela lhe entregava. Durante tanto tempo, o ressentimento amargo tinha ardido como um veneno dentro dele. Ele aceitou que a marca negra em sua alma fosse uma penitência pelos atos que cometera contra outros homens em nome de seu país... e por abandonar sua esposa e filho. Agora, olhando para ela, o tempo paralisado nesse campo de flores, ele tinha sido atingido pela percepção de que estava... pela primeira vez... em cinco anos... feliz. Ele se preparou para o dilúvio de culpa. Onde estavam o remorso e aquele sentimento de indignidade que o perseguiram todos aqueles anos?

Em vez disso, a leveza encheu seu peito com um importância libertadora.

– Esplêndido! – Eloise passou as mãos enluvadas na frente de suas saias e parou. – Vamos levar para seu pai. – Com um sorriso, tirou das mãos dele o buquê improvisado. – É verdade que elas chegarão murchas até lá – falou com a mesma exuberância juvenil que exibia quando era uma garota colhendo flores do campo. – Veja. – Ela retirou uma única flor e enfiou-a no bolso da frente do casaco dele. – Esta é para você. – O sorriso dela aumentou. – Vamos? – Com isso, começou a voltar para a carruagem, sem parar para ver se ele seguia seu falatório.

Provavelmente porque ela já sabia que ele iria segui-la para qualquer lado. Lucien se viu hipnotizado pelo balanço sedutor de seus quadris. Então, o brilho do sol iluminou a coroa da cabeça dela e transformou os cachos louro s em ouro. Deus, como ele a queria. Com sua determinação, coragem e força, Eloise, com uma facilidade imensa, tinha conseguido algo que Boney e todos os seus homens não conseguiram fazer. Ela marchou sobre o coração dele e cercou o órgão que ele julgava morto.

Talvez nem todas as sujeições sejam más. Com um sorriso nos lábios, ele começou a segui-la.

19

Uma hora, cinquenta e seis minutos e um punhado de segundos depois, chegaram à casa da infância de Lucien. Ele enfiou o relógio de volta no bolso e desmontou do cavalo.

Um criado apressou-se para segurar o animal. O jovem, provavelmente com não mais de vinte anos, não lhe era familiar. Quantos outros rostos desconhecidos ele encontraria? Com relutância, ele acolheu a impressionante fachada de pedra da estrutura que chamava de lar. Majestoso e elegante, com amplos degraus de pedra e janelas que iam do chão ao teto ao longo da frente da fachada. Sua pele queimava com a sensação de ser estudado por alguém detrás de uma daquelas janelas.

Concentrado como estava, um homem que voltava a seu passado, recompôs-se quando Eloise se aproximou.

– Perdoe-me – ele murmurou. – Eu...

– Está tudo bem – disse ela, deslizando as mãos sobre a dele e dando um leve aperto.

A garganta dele secou. Apesar da insistência para que ela permanecesse em Londres, ele se viu de repente muito grato por sua presença ali. Os poucos momentos que tinham passado juntos fundiram seu passado e seu presente, e aquele que se orgulhava de não precisar de ninguém nos últimos anos se viu precisando... dela.

– Ellie – murmurou, a voz distorcida sob o peso de sua descoberta.

Ele a amava. Amava-a por quem ela tinha sido e pela amizade que tinham compartilhado, mas, mais ainda, ele a amava pela mulher que era – uma dama ousada, desafiadora e determinada que se recusara a deixá-lo viver no ressentimento, na raiva e na amargura de seu passado.

Ela inclinou a cabeça.

– Lucien...

A porta da frente se abriu e, em um movimento sincronizado, eles lançaram os olhos para ela. Duas figuras preencheram a entrada. Uma dama esbelta, de cabelos dourados e óculos empoleirados na borda do nariz, pairou na entrada, olhando curiosamente para ele. Devia ser a mulher de Palmer. O irmão dele tinha se casado havia alguns anos. Dois? Três anos?

Seus irmãos agora conversavam com Eloise, assentindo periodicamente para as perguntas que ela lhes fazia. Lucien se sentiu o pior tipo de personagem em um quadro familiar a que não pertencia. Ele deu um passo atrás. Para Eloise, Richard e Palmer tinham sido seus melhores amigos ao longo dos anos. O tempo os tinha transformado em figuras mais velhas e maduras que ele mal reconhecia. No caso de Palmer, um cavalheiro casado com uma mulher que Lucien nunca vira.

Richard reivindicou as mãos dela e as levou aos lábios, uma de cada vez.

– Ellie – disse, com tanta familiaridade que Lucien sentiu um peso no estômago.

– Richard – ela disse, dando para o irmão aquele sorriso que Lucien acreditava ser reservado para ele.

Você foi embora, uma voz o provocou.

As ondas do ciúme se dissiparam e se espalharam por todos os cantos de seu ser enquanto ele permanecia de pé, um figurante na troca familiar entre Eloise e seus irmãos. Ele não considerou a possibilidade de que sua Ellie pudesse ser algo mais para qualquer um de seus irmãos. Vendo a maneira como eles falavam, com sorrisos e toques, Lucien confrontou a verdade – suas vidas tinham continuado sem ele. Lucien havia ido embora. Primeiro para a guerra, e depois com sua escolha de se separar da família. Nesse tempo, a amizade que os três tinham conhecido, continuara.

Era errado que essa inveja ardente lhe devorasse como se fosse um veneno. Com os corpos intactos de Richard e Palmer, modos refinados e sorrisos fáceis, as diferenças gritantes entre ele e os irmãos brilhavam, nunca mais óbvias do que naquele momento. Richard seria para ela um marido muito melhor. Lucien não tinha nada para lhe oferecer. Ele recuou um passo. Tinha sido tolo em vir. Ele não queria essa vida. Não queria...

Richard disse algo que fez retroceder o sorriso de Eloise. Ela fez um leve aceno de cabeça e então se afastou, e, com aquele movimento, forneceu aos irmãos dele uma visão desimpedida de Lucien.

A tensão entre eles era real. Palmer e Richard olharam para a manga vazia de Lucien, para o lugar onde seu braço deveria estar. Ele apertou e soltou a mandíbula, detestando a ideia de que deveria ser um objeto de piedade para eles.

Lucien levantou o queixo e, depois, sem palavras, estendeu a mão.

Richard estudou-o um pouco, como se nunca tivesse visto aqueles cinco dedos, e depois pegou neles. Puxou Lucien para seus braços.

– Lucien – disse ele, apertando-o com força suficiente para criar hematomas.

Ele se retesou, mas depois pestanejou enquanto a emoção lhe preenchia. Uma sensação de voltar para casa.

– Senti sua falta – Richard disse, a voz dele dura com emoção, e então limpou a garganta. O rubor sem brilho nas suas bochechas sugeriu embaraço por causa de sua falta de controle. Ele se afastou e Palmer, o herdeiro do visconde, deu um passo à frente.

Mais largo do que ele se lembrava, com traços angulares mais duros no rosto, ele exalava a mesma aura de poder e força de seu pai.

– Lucien – o tom grave tão semelhante ao do pai, poderia muito bem ter sido do visconde saudando o filho.

Lucien tentou forçar as palavras, mas estivera solitário durante tanto tempo que não conseguia formá-las.

– Eu...

Richard bateu em suas costas.

– Eu sei – disse ele, poupando-o de expor sua alma para eles nos degraus da frente de sua casa de infância, com criados curiosos como testemunhas.

Lucien virou-se para Eloise assim que Richard estendeu o braço. Ela colocou as pontas dos dedos sobre a luxuosa manga de seu casaco cor de safira. O custo dessa roupa era maior do que o de todas as roupas que ele vestira como paciente do Hospital de Londres ou como criado, juntas. Ele cerrou a mão tão apertado que cavou marcas crescentes na palma.

Eloise lançou um olhar firme para ele, e então retornou sua atenção para Richard. Lucien olhou para eles até desaparecerem dentro de casa. Ele notou o fato de Palmer também ter olhado.

– Então você finalmente notou Ellie – disse ele, com um pequeno sorriso. E, assim, os anos derreteram e foi como se ele nunca tivesse ido embora.

– Me deixe em paz. – Lucien rosnou e depois deu dois passos de cada vez. O irmão dele estava se divertindo, brincando com ele. Ele fez uma caminhada lenta e incerta até uma jovem mulher, posicionada na entrada, quase como uma sentinela entre Lucien e as paredes sagradas de sua juventude.

Sua cunhada. Sob a intensidade de seu olhar, ela deslizou as mãos pelas saias.

– Olá – ela murmurou, saindo de casa.

Palmer se aproximou e pôs uma mão na cintura dela.

– Quero lhe apresentar minha esposa, Julianne – disse ele. – Julianne, este é meu irmão. – As palavras dele saíram emocionadas.

Lucien curvou a cabeça.

– Como vai? – perguntou, envergonhado mais uma vez por ter isolado os irmãos tão facilmente de sua vida. Ele não sabia como o jovem casal tinha se conhecido. Como havia sido o jogo de amor entre elas. Quanto tempo tinha perdido.

Julianne deu-lhe um sorriso hesitante.

– É um prazer. – Ela olhou para o marido e um lindo tom avermelhado coloriu suas bochechas. – Ouvi tantas histórias suas. Estou muito contente por ter vindo.

Palmer salvou-o de procurar uma resposta adequada, colocando uma mão no ombro dele.

– Nosso pai está doente. – Toda a leveza anterior foi substituída pelo tom sombrio e cauteloso.

As lágrimas inundaram os olhos azuis pálidos de Julianne.

Lucien acenou com a cabeça.

– Eu...

– Não. – Palmer balançou a cabeça.

– Eu... – Ele colocou a mão por cima da boca. – Você não vai reconhecê-lo – disse. – Ele tem perguntado por você.

Lucien cerrou os dentes, mas nada do ódio efervescente que sentia pelo visconde veio. Cheio de uma súbita inquietação com a revelação ameaçadora de seu irmão, entrou pelas portas da frente. A governanta ainda era a mesma mulher gorda e de bochechas vermelhas de quem ele lembrava desde a juventude. Fios brancos pintavam seu cabelo castanho. A Sra. Flora disse algo a Eloise.

Um espasmo de dor contorceu o rosto da jovem, e ela pegou as mãos da governanta e deu um aperto. As lágrimas encheram os olhos da criada leal, e ela assentiu. Eloise a libertou, e a mulher discretamente fechou os olhos. Ela se virou para ele e então seus olhos se arregalaram como uma coruja noturna assustada em seu poleiro.

– Sr. Lucien – ela choramingou, e então as lágrimas caíram livremente por suas faces.

Lucien ficou tenso. Anos de luta tinham-lhe roubado o luxo da emoção desenfreada. Demonstrar até um pouco de fraqueza significava a morte. Tinha vivido segundo esse código, e, mais, vivera longe dos entes queridos por tanto tempo que se esquecera de como se envolver com eles.

– Sra. Flora – ele disse.

– É tão bom vê-lo. – Ela olhou para Richard. – O visconde ficará... – A voz dela se dissolveu. – Feliz.

Richard pousou uma mão no ombro dele.

– O médico saiu daqui há pouco, Lucien. – A emoção ardia forte nos olhos do rapaz. – Não sei quanto tempo mais ele viverá.

Uma semana atrás, antes de Eloise ter voltado à sua vida e roubado seu coração para restaurar-lhe o espírito, Lucien teria tido uma reação muito diferente àquele pronunciamento. Ele teria zombado e dito que o visconde podia arder no inferno, e não teria dado outro pensamento a seu pai. Agora, absorvendo a onda de emoção nas expressões solenes de seus irmãos e de Eloise, a magnitude dessa perda o embalou.

– Devemos vê-lo agora. – *Se você pretende fazer isso*. A implicação era tão clara como se tivesse sido falada.

Lucien assentiu e andou ao lado do irmão. Ele chegou ao meio da escadaria de mármore e viu Eloise na base, ao lado de Palmer e Julianne. Ele se virou para ela com expectativa.

– Vem comigo? – Ele precisava que ela estivesse lá. Tinha fingido indiferença durante cinco anos. Ela o forçou a confrontar a verdade de sua mentira.

– Claro – disse ela simplesmente. Eloise subiu as escadas. Seu vestido amarrotado depois de um longo dia de viagem, a bainha da saia enlameada da colheita de papoulas. Ela o seguiu enquanto eles andavam pelo corredor. Quantas outras damas teriam posto de lado seu próprio conforto material para se juntar a um bastardo rude como Lucien para visitar um moribundo?

Ele avançou um degrau, e o olhar do irmão registrou uma pergunta. Lucien rapidamente se endireitou e continuou seu passo em frente. Ah, ele tinha sido tão indiferente. Passara anos odiando o pai, por causa da missão que o tinha mandado para a guerra. Agora ele percebia que tinha sido mais fácil culpar, odiar o pai, do que enfrentar a falta de controle que Lucien tinha sobre qualquer aspecto de sua vida – sua sanidade, o bem-estar de sua esposa e filho. Ele não pudera sequer proteger seu próprio braço maldito.

Pararam diante dos aposentos do visconde. A palma da mão de Lucien ficou úmida e ele a limpou na calça enrugada.

Eloise capturou-a com suas mãos pequenas e hábeis. Ele fixou o olhar nos dedos entrelaçados por um momento. Ela lhe deu um sorriso gentil e apertou os dedos dele, o toque dela reconfortante e ainda assim firme para um corpo tão pequeno.

O irmão dele pressionou a maçaneta da porta e fez um gesto para que entrasse.

Lucien entrou no cômodo escuro. Congelou enquanto a porta se fechava silenciosamente atrás de si com um clique suave e decisivo. Apesar do dia quente, o fogo ardia na lareira e as cortinas estavam bem fechadas, apagando toda entrada de luz. Seus olhos lutaram para se ajustar à sala pouco iluminada, e então ele localizou a pequena figura no centro da enorme cama. Uma pressão apertou seus pulmões, dificultando a respiração. Ele aproximou-se da cama.

Sua garganta se fechou dolorosamente e ele engoliu com força. A figura emagrecida, com o rosto pálido, não apresentava nenhuma semelhança com o poderoso e vigoroso visconde. O pai dormia, respirando com dificuldade. Ele limpou a garganta. Que desperdício. Que maldito desperdício tinha sido o ódio dele. E para quê? O que é que isso lhe tinha dado? Não trouxera Sara ou seu filho de volta. Nem sequer havia lhe trazido uma pequena dose de satisfação.

Lucien respirou devagar e procurou por um lugar. Puxou a cadeira estilo Luís XIV para mais perto da cama. As pernas de mogno rasparam na madeira dura do chão.

O pai dele lutou para abrir os olhos.

— R-Richard — a sua voz emergiu como um coaxar rouco.

Ele fechou os olhos por um momento.

— Não, pai — disse ele, sua voz fragilizada. — Sou eu... Lucien.

O moribundo calou-se e depois piscou os olhos.

— L-Lucien? — Ele tentou se apoiar nos cotovelos.

Lucien pousou a mão sobre seu ombro.

— Não se mexa, pai.

As lágrimas inundaram seus olhos.

— Ah, Deus, Lucien... — Uma lágrima correu pelo seu rosto. — Senti saudade, meu menino.

A visão daquele fiapo de homem que representara poder e força, que possuía um espírito indomável que não podia ser abalado, em seus momentos finais, fizeram Lucien apenas repetir o que ele dizia.

— Também senti saudade.

Um riso assustado escapou dos lábios de seu pai, e ele prontamente se dissolveu em uma crise de tosse.

Lucien levantou-se de seu lugar e olhou em volta. Um jarro de água repousava numa mesinha ao lado da cama. Ele encheu um copo.

— Bah, a água não me cura, rapaz — disse seu pai, com um traço do humor seco que mostrara ao longo da vida.

No entanto, ele se sentou à beira da cama de seu pai e o apoiou contra seu corpo, ajudando-o a sentar-se. A água escorreu sobre a borda do vidro, umedecendo os lençóis brancos e cristalinos. Amaldiçoou a perda do braço que tornara seus movimentos instáveis. Mas ele sabia que o tremor em seu corpo não tinha nada a ver com o membro ausente.

– Beba... – murmurou, segurando o copo nos lábios do pai.

O visconde bebeu, os músculos de sua garganta movendo-se lentamente, exibindo um esforço agonizante para gerir algo tão simples como um copo de água. O brilho de uma lágrima turvou a visão de Lucien e ele piscou, pousou o copo e acomodou o pai na almofada.

– Peço imensas desculpas.

Demorou um momento para registrar que esse suave pedido de perdão vinha de seu pai e não dele mesmo.

– Eu...

– Não – disse Lucien, devastado pela visão do sofrimento de seu pai.

O pai dele esticou os dedos, antes fortes, agora frágeis. As veias verdes destacavam-se em sua pele branca e pálida. Ele tocou naquela mão, que pareceu um esqueleto, na manga vazia de Lucien.

– Meu menino – ele disse, em um soluço cortado, e então seu corpo tremeu sob a força do choro.

Lucien cobriu-o em um abraço. Esse homem que o colocara sentado em sua primeira montaria e demitira o primeiro e último tutor por tentar lhe bater.

– Não, por favor, não – disse ele, suas palavras possuíam um tom rouco. Quantos anos ele tinha colocado a culpa nas costas do pai? Quando regressou, havia sentido um prazer profano em considerá-lo responsável por tudo o que Lucien havia perdido. – A culpa não foi sua. – Só que agora Lucien não podia, com o pai no fim da vida, deixá-lo com o peso dessa culpa.

– Foi... Tudo isso. – Ele dissolveu-se em um ataque de tosse e Lucien segurou-o perto, temendo que o homem se partisse sob o peso de seu braço. – Eu pelo menos devia ter escrito uma carta informando das mortes de Sara e M-Matthew. Pensei que... – Um espasmo de agonia devastou o rosto de seu pai. – Pensei em protegê-lo dessa verdade.

Lucien esperou pela amargura dessa grande ironia: o homem que havia enviado seu filho para combater uma guerra sangrenta tinha tentado protegê-lo do conteúdo de uma carta sobre sua família. Só que a inundação de ressentimento não veio.

– Já passou – disse ele, suavemente, as palavras ditas mais para si mesmo.

– Quanto tempo perdido. – As palavras de seu pai, o mais fraco sussurro, chegaram aos ouvidos de Lucien.

– De fato, foi. – Ele olhava para o topo da cabeça do pai, para as paredes de gesso azul e macio. Quão perto estivera de nunca mais ver o pai que lhe tinha dado vida. E ele não o teria feito. Se não fosse por Eloise. – Quase não vim – disse ele, calmamente.

Seu pai sugou várias respirações longas e superficiais, e Lucien pensou que tivesse dormido.

– Richard acreditava que Eloise o encontraria. Ele disse que o próprio diabo não poderia trazer você até aqui. – Uma suavidade iluminou seus olhos e diminuiu a agonia da morte refletida em suas profundezas. – Mas Eloise poderia.

Lucien olhou pela sala além da porta fechada, sentindo sua presença mesmo através do grosso painel de madeira, tranquilo por saber que ela estava lá.

– Aquela jovem amou você desde que o conheceu – disse seu pai, com toda a sabedoria de um homem que viu e conheceu tudo. – Anda, não tens nada a dizer? – Por um momento, ele falou com a mesma força ousada que Lucien há muito lembrava e se permitiu acreditar por um breve momento em que os dois eram os mesmos homens que tinham sido, antes de um homem louco ter devastado o continente e finalmente destruído sua família.

O pai dele se remexeu um pouco.

Lucien limpou a garganta.

– Eu sei.

O pai tossiu na mão. Lucien saltou para pegar o copo meio cheio, mas seu pai lhe fez um sinal.

– Sempre imaginei que você se casaria com Ellie – disse, mais para si mesmo. Um sorriso doloroso cobriu suas bochechas magras – Mas, talvez tenha sido apenas o meu desejo para vocês dois.

Lucien olhava para sua mão solitária, as almofadas calejadas de seus dedos, as cicatrizes que riscavam sua carne causadas pelos estilhaços recebidos na Batalha de Fuentes de Onoro.

– Ela sempre foi leal a você – continuou seu pai.

Ele podia muito bem ter tido um cão, então...

Sim, ela tinha sido firme em sua devoção desde o momento em que ele a instruíra sobre como cravar uma faca em alguém, mas seu amor por ela ia além daqueles meros sentimentos de lealdade. Ele a amava pela resiliência, pela coragem, pela...

– Não conheço outra dama que tivesse ficado para cuidar de uma mulher e de uma criança doente como ela fez com Sara e Matthew. – As palavras arranhadas interromperam seus pensamentos.

Ele piscou os olhos e levantou a cabeça.

– O quê?

O visconde fechou os olhos. O peito se contraía a cada respiração que ele dava.

– Você não sabia? – perguntou ele. As pálpebras se abriram. O fantasma de um sorriso pairava sobre suas bochechas flácidas. – Claro que não. Ellie nunca seria uma pessoa que exaltaria seus próprios feitos. – Um espasmo de dor cortou seu rosto. – O médico, aquele homem inútil – murmurou –, alegou que nada podia ser feito para salvá-los.

A dor dessa perda estaria sempre com ele, e ainda assim, após as palavras de seu pai, a agonia familiar que poderia cortar um homem ao meio não veio. Em algum momento, Eloise tinha dado vida a um corpo que ele pensava estar morto havia muito tempo. Depois, as rodas lentas de sua mente processaram as palavras de seu pai.

– Ela estava aqui? – Eloise teria se casado recentemente.

– Eloise e seu marido estavam passando por aqui – disse seu pai, confirmando sua suposição. Ele flexionou o pulso, em uma tentativa fraca de balançar a mão. – Ela fez isso, sabe? A maioria das damas esqueceria os amigos do pai. Padrinho ou não. – O visconde fechou os olhos outra vez.

Ele deveria interromper o fluxo das palavras do pai, preservar sua energia, mas, bruto que era, Lucien precisava ouvir o restante dessa história que ele não conhecia e provavelmente nunca conheceria... se ele não tivesse voltado para casa.

– Eloise foi para sua casa. – É estranho pensar naquela modesta habitação na propriedade do visconde como casa. Ele e Sara tinham vivido lá alguns meses antes de ele marchar para enfrentar os homens de

Boney. – Ela ficou lá quando o médico disse que era inútil. Cuidou deles até ao fim.

As palavras do pai sugaram o ar de seus pulmões.

– Ela nunca disse nada – sussurrou ele. Por quê? Ele deu uma olhadela para a porta que os separava. Por que ela esconderia isso dele? Ele pensou, à procura de uma explicação, mas não conseguiu chegar a nada.

– Eloise ficou muito doente – o pai dele murmurou. – O médico pensou que ela não iria conseguir. – Ele sorriu, e a rigidez dos músculos no canto de seus lábios indicava o esforço que o gesto feliz lhe custara. – Eloise tem mais força do que a maioria dos homens adultos que conheço. – Ele fez uma careta no esforço de falar aquelas poucas palavras significativas.

Lucien afundou de novo no lugar, em um choque silencioso. Apesar de seu elevado título de condessa, Eloise tinha ficado ao lado de sua mulher. Ela cuidara de Sara e de seu filho e quase pagara com a vida por esse grande sacrifício. A agonia lhe torceu o estômago. Ele pôs a mão sobre a boca. Em todos os seus anos miseráveis, havia apenas uma coisa sobre a qual ele estava certo: não a merecia.

– Lucien? – O pai dele sugou o ar ruidosamente através dos lábios.

Ele pousou a mão sobre a do pai.

– Descanse – suplicou ele, desejando para o pai um silêncio pacífico.

Depois, com uma demonstração chocante de força, ele riu.

– Tenho toda a eternidade para descansar. – Seu pai lhe deu um olhar severo que derreteu os anos de diferença entre eles e Lucien era filho, e o visconde era pai. – Mande entrar Eloise.

20

Eloise olhou para a porta fechada com uma mistura de tristeza e ansiedade. Todas as velhas lembranças correram para a superfície, e ela fechou os olhos para diminuir o fluxo rápido delas. Seus esforços tinham se revelado ineficazes. O aroma dos corpos febris em seu suor permeou seus sentidos, o aroma pungente mesmo depois de todos esses anos. Sua boca ficou seca. Ela não podia entrar nos aposentos do visconde. Mesmo que ele tivesse sido um segundo pai para ela ao longo dos anos, não podia passar por aquela porta e suportar a visão de mais morte, mais sofrimento....

Richard pegou a mão dela e deu um aperto firme e reconfortante, que a tirou da beira dos pesadelos.

– Eloise, como poderei recompensá-la?

Ela retornou seu foco para a porta e, em vez do cheiro de morte e doença, concentrou-se na reunião entre pai e filho que agora ocorria do outro lado. Certamente não seria um encontro tenso. Não poderia ser, nesse momento final.

– Não fiz nada. – Richard e Palmer não viam Lucien fazia anos. Tinham sido poupados do homem endurecido em que ele se transformara.

Richard capturou as mãos dela nas dele, dando-lhes um aperto fraco.

– Certamente você sabe que nada disso teria acontecido se não fosse pela sua ajuda. – Um espasmo de dor contorceu seu rosto. – Meu pai teria morrido e tanto ele como Lucien teriam perdido a paz tão necessária que ambos merecem. – Uma paz que todos mereciam. – Como foi que você o convenceu a vir?

Ela suspirou.

– De certa forma, não me orgulho de nada.

Ele abriu a boca para dizer algo, mas a porta se abriu. Eles elevaram os olhos. Lucien permaneceu emoldurado na entrada, seu olhar estreito cravado nas mãos de Eloise apertadas nas de Richard. Ela o largou de repente.

– Ele quer ver Eloise – disse Lucien, o tom dando pouca indicação de seus pensamentos.

Sua boca secou de medo.

– Eu... – *Não posso*. Ela não podia entrar em outro quarto de morte. Eloise fechou os olhos e depois os abriu. Ela podia não querer entrar naquele quarto, mas precisava. Pelo homem que tinha sido um pai para ela. Pelo seu próprio pai, que nunca tivera um amigo melhor em toda a sua vida. Por Lucien e, claro, por seus irmãos. Ela precisava fazer isso por eles.

Com a cabeça erguida, ela começou a se dirigir à porta. Lucien permaneceu enraizado em seu lugar, bloqueando a entrada. Ele pegou o rosto dela e então a olhou como se estivesse verificando se ela estava, de fato, bem. O que foi bastante absurdo. Ele não sabia do terror que ela ainda carregava em seu coração ou da culpa irracional por sua incapacidade de ajudar a esposa e o filho dele.

Sem dizer nenhuma palavra, ele se afastou.

Eloise cerrou as mãos tão apertado que as unhas deixaram marcas na pele macia das palmas, mordendo a carne com força suficiente para tirar sangue. A necessidade do apoio de Lucien nesta talvez última visita ao visconde era como uma fome física. Eloise deu um passo à frente, levando os dedos dele consigo. Olhou para os dedos entrelaçados dos dois e então levantou o olhar para o dele. Algo sombrio e imprevisível passou entre eles. E depois ele o soltou.

Ela entrou no quarto, o cheiro persistente de morte pairando no ar. Pressionou os olhos fechados enquanto as mortes de seu pai, Sara e Matthew se aproximavam de sua mente.

– Eloise?

Ela pairava sobre a entrada, tentando deixar de lado as lembranças de perdas passadas.

– Sim, Sr. Hereford. – Fechou a porta parcialmente e, com cuidado, aproximou-se da cama.

O visconde, antes ousado e orgulhoso, lutou para se apoiar nos cotovelos. Ela correu em sua direção.

– Por favor, não – disse ela. – Descanse.

Ele tossiu ruidosamente e gesticulou para o lugar vago. Ela sentou. Empoleirada na borda da cadeira, pegou a mão frágil dele na dela. O fantasma de um sorriso brincava com os lábios do homem.

– Você sabe – ele começou, tão vagamente que ela lutou para ouvir. – Eu sempre quis ter uma filha.

– O senhor e papai eram uma dupla maravilhosa. – Ela lhe deu um aperto suave nas mãos. – Ele sempre quis ter um filho.

– Ah, mas nesse ponto você está errada. – Ele balançou a cabeça. – Ele sempre precisou de um filho... mas sempre quis uma filha. – Um brilho cintilante em seus olhos doloridos. – Assim como eu. – O olhar dele desviou-se para a porta. – Não conte aos meus filhos – ele disse, com traços do humor que mostrara ao longo dos anos, fazendo-a esquecer por um momento de que ela se sentara ali para prestar sua última homenagem a esse leal amigo do falecido pai.

Eloise inclinou-se e sussurrou em seu ouvido:

– O seu segredo está seguro comigo.

Partilharam outro sorriso.

– Oh, Eloise, eu lhe sou muito grato. – As linhas ocas da garganta dele moveram-se com sua voz fraca. – Você trouxe meu filho de volta para mim.

– Eu não fiz isso – disse ela, suavemente. – Ele estava pronto para voltar para casa. – Só precisava de um lembrete gentil.

– Você sabia que o maior arrependimento da minha vida foi ter infringido aquela incumbência nele?

Eloise não disse nada, todo o tempo desejando poder esboçar as palavras reconfortantes que ele merecia no final da vida. Ela pôs a mão do visconde sobre o linho branco. No entanto, partilhava desse mesmo arrependimento. Desejava que Lucien nunca tivesse deixado a mulher e o filho. Então, talvez, ele não se tivesse deixado consumir por tantos ressentimentos amargos.

– Quer saber qual é o meu segundo grande arrependimento?

– Qual? – ela murmurou.

– Que nenhum dos meus rapazes tenha sido suficientemente sábio para se casar com você. – Dissolveu-se em outro ataque de tosse.

Eloise ficou em pé e pegou o jarro próximo da mesa lateral. Ela encheu o copo dele e depois pousou o jarro de porcelana.

– Beba – disse ela. Retomou seu lugar e segurou o vidro nos lábios dele.

Ele tomou goles lentos e pesados.

– Está tentando me distrair, não é? – Ele levantou uma sobrancelha.

Os lábios dela se retorceram.

– Funcionou?

– Completamente. – Ele levantou um dedo e disse: – Estávamos falando dos meus filhos tolos.

– Eles não são tolos – disse ela, lealmente. Por mais que ansiasse por Lucien, o tempo a obrigara a confrontar a verdade: ele amava outra. E ela o amava o suficiente para deixar de sonhar com ele como algo mais...

– Sempre imaginei que você se casaria com Lucien. – Ele falou mais consigo mesmo. – Na minha vida, nunca vi tamanha ligação entre um homem e uma mulher como vocês dois tinham. Mesmo quando crianças... – Ele tossiu mais uma vez. – Mesmo quando crianças – ele repetiu – vocês tinham uma amizade que nunca conheci.

– A maioria dos rapazes detestaria uma menina que os perturbasse como eu. – E, a princípio Lucien, o menino, tinha se irritado com sua presença incômoda.

As palavras do visconde interromperam suas reflexões.

– Ele a ama.

Ela não duvidava que Lucien a amava, e sempre a amara como amiga.

– Eu sei – garantiu ela. Só desejava mais.

Ele balançou a cabeça.

– Ele a *ama* – disse o velho, um olhar expressivo em seus olhos azuis.

Eloise aqueceu-se com o significado de sua suposição.

– Oh, não – retrucou ela, apressadamente. Ela olhou para a porta e depois voltou para o visconde. – Não como amava Sara. Talvez como uma querida irmã. – Só que a memória do beijo dele ainda ardia como uma marca indelével nos lábios dela. Fora o beijo que um homem dá em uma amante.

Ele pousou a mão sobre a dela e ela tentou falar.

– Ele a ama, sim – disse ele, a sua voz fraca.

De repente, desconcertada com a direção pessoal das palavras do Sr. Hereford, ela ficou de pé.

– Precisa descansar, senhor.

Ele conseguiu um aceno de cabeça.

– Escreva estas palavras, Eloise. Ele encontrará a coragem para professar seu amor, e eu vou estar sorrindo no além.

O visconde parou de falar pelo tempo de um batimento cardíaco, e ela acreditou que ele tinha morrido. Mas então a inalação fraca, quase imperceptível, indicou que ainda vivia. Eloise deixou silenciosamente o quarto e saiu para o corredor.

Richard e Lucien se levantaram, em posições semelhantes – pés afastados, sombrios para os traços angulares e duros de seus rostos. Com exceção do membro perdido de Lucien, com seu cabelo escuro e olhos cinzentos de tempestade, eles podiam muito bem ter sido imagens espelhadas um do outro.

Eles olharam para ela com expectativa.

– Ele está dormindo.

Uma parte da tensão deixou os ombros de Richard. Lucien, porém, permaneceu tão imóvel que não deu nenhuma indicação de seus pensamentos.

– Devia descansar, Eloise – Richard a confortou, quebrando o silêncio.

A pele de Eloise se agitou com o olhar de Lucien sobre ela. No entanto, ele não disse nada, continuando a encará-la com aquele olhar de sondagem, intenso, que ela viera a reconhecer. Eloise acenou com a cabeça, querendo que Lucien dissesse alguma coisa, precisando que ele falasse.

Ainda assim, enquanto Richard a levava pelo corredor até os aposentos de hóspedes, Lucien manteve seu silêncio frio.

21

Na manhã seguinte, Palmer ordenou que o sino tocasse seis vezes para indicar que o visconde estava morrendo. À tarde, o homem deu a respiração final, difícil e ofegante, e então se despediu deste mundo. Pouco depois, o agente funerário contratado chegou para pôr em movimento os planos formais do sepultamento.

No fim do dia, inaugurado pelo negro da noite, Lucien sentou-se no silêncio do salão azul, agora sombriamente coberto por cortinas escuras. As velas colocadas sobre a sala lançavam longas sombras. Pelas vidas que tirara no campo de batalha e pela perda que conhecera da esposa e do filho, ele se imaginava imune a qualquer outra dor. Olhando para a forma imóvel e sem vida do pai, ele percebeu que nunca se acostumaria verdadeiramente à permanência eterna da morte.

Desde que se colocara em vigília, fechando-se com o pai até a manhã seguinte, quando o visconde seria sepultado no cemitério da família, sua própria vida tinha se desenrolado diante dele no silêncio da sala.

Ele pôde dividir sua vida em duas categorias. A felicidade absoluta que ele conhecera como um jovem, ainda não marcado física, mental e emocionalmente pela guerra... e tudo o que viera depois da missão que lhe tinha sido imputada. Lucien ficou de pé e vagou para mais perto da forma pacífica de seu pai. Ele carregaria para sempre as cicatrizes da vida que tinha vivido. A guerra o tinha mudado, assim como a perda da mulher e do filho.

Mas quem era ele agora? A marquesa de Drake o havia atraído de volta do precipício do desespero, em que a morte tinha sido preferível à vida. Ela e o marido tinham-lhe dado trabalho, e, através disso, propósito. Uma razão para acordar, pôr uma perna à frente da outra e existir.

Ele não havia percebido que queria mais do que apenas existir, até Eloise aparecer. Lucien deu os passos finais entre ele e seu pai. Passou os dedos ao longo do casaco preto feito sob medida e preparado pelo leal criado do homem. Apenas oito dias antes, ele teria comemorado sua morte e invejado aquele descanso final. Agora, desde Eloise, ele fora forçado a confrontar todos as partes vazias de sua própria vida. O visconde havia deixado dois filhos, terras prósperas e, por intermédio de Palmer e de sua esposa, uma linhagem futura.

Como a vida de Lucien era vazia e solitária.

Não precisa ser, uma voz sedutora sussurrou.

Havia uma mulher, uma mulher que ele não merecia, que tinha sido leal e amorosa. Ele passou a mão no rosto. Uma mulher que cuidara de sua esposa e de seu filho, e que nunca havia mencionado isso.

Nunca teve nos braços alguém que está morrendo. Nunca conheceu a agonia de ver uma pessoa dar o último suspiro...

Aquelas palavras cruéis e erradas que ele atirara para ela, zombaram dele. Por isso ela ainda mantinha o silêncio. Em quantas outras coisas ele estava errado em relação a Eloise? Ela abriu os olhos dele, e nela ele viu um mundo de coisas que não tinha imaginado para si mesmo – felicidade, amor, um filho. Tudo se transformou em sonhos tangíveis, ao seu alcance.

Não, não apenas uma criança qualquer. Uma menina preciosa e teimosa com tranças grossas e apertadas.

– Você teria gostado disso, não teria? – perguntou ele, calmamente.

Claro que não houve resposta. Nenhuma reação. Nada mais que o absoluto e negro silêncio da morte. Ele puxou a mão para trás.

As tábuas do chão rangeram e ele ficou rígido.

– Lucien – Eloise disse suavemente. Sua saudação, uma palavra, seu nome passando à deriva.

O som das saias de cetim encheu a sala. Ele lançou um olhar para o esbelto desfile de uma mulher que se aproximou dele com um buquê de papoulas murchas nas mãos. Ela vestia roupas de luto. Outra vez. Seu coração palpitou, finalmente, colocando de lado toda a dor que conhecera nesses anos para enfrentar a tragédia em uma mulher de sua infância, usando as mesmas saias escuras que enterraram seu marido e depois seu pai.

– Eloise – ele murmurou. – O quê...?
– Vim prestar as minhas condolências. – Como sempre, ela interpretou seus pensamentos inacabados com uma estranheza que percorreu o caminho do relacionamento deles. – Para dizer adeus – acrescentou. Ela pôs as papoulas colhidas no dia anterior, uma vida antes, sobre o peito do visconde.

Ele culpou a exaustão da viagem e a falta de sono pela onda de emoção que entupiu sua garganta.

– Nunca poderei pagar o que você fez. – Ela lhe permitiu um pequeno olhar, mas um olhar importante, de paz.

Eloise passou os dedos pela face dele.

– Não há nada a pagar, Lucien. Você é meu amigo – ela disse simplesmente.

O estômago dele se apertou. Ela disse que o amava, que queria mais dele. Talvez ela tivesse sabiamente percebido que havia uma série de opções mais adequadas; todas elas nunca haviam se deitado em uma cama de hospital, remoendo durante anos a miséria de suas vidas, depois assumido um trabalho como criado.

– Ele era um bom homem – disse Eloise. Um sorriso triste puxou os lábios dela um pouco para cima. Sua tristeza com essas palavras causou uma pressão visivelmente forte nos pulmões dele e tornou difícil respirar fundo. – Quando éramos crianças e brincávamos escondido, ele deixava que eu me escondesse em seu escritório. – Ela lhe deu um olhar e o seu sorriso se ampliou. – A maioria dos homens teria despedido a ama por permitir que uma criança estivesse debaixo de seus pés. – Ela acariciou amorosamente a fria e sem vida mão do visconde, dobrada na frente de seu peito. – Mas depois ficava tão curiosa... – Ela era mesmo. Sobre tudo – ...e me sentava em sua enorme cadeira de escritório e lhe fazia mil e uma perguntas. E a todas ele respondia. – Um cacho dourado caiu sobre seu olho. Ela o recolocou no lugar. – Quantas vezes fiquei esperando que você me encontrasse. – Ocorreu uma mudança na conversa deles. Suas palavras transcendiam meros jogos infantis.

Diga. A voz de seu pai saltou pelas paredes de sua mente, tão clara como se ele agora falasse diante deles, tanto que Lucien congelou e olhou para o caixão.

– O que foi? – perguntou ela, seguindo o olhar dele.

De qualquer forma, esse não era o lugar ou o momento, e as palavras secaram no tênue eco da lembrança da voz de seu pai.

– Nada. – O fogo estalou e assobiou na lareira. – Meu pai me contou o que você fez, Eloise.

Seus ombros estreitos ficaram eretos.

– O que foi que eu...?

Ele passou os dedos ao longo do maxilar dela. Mesmo agora, ela não partilhava a verdade de seu grande sacrifício.

– Você sabe, Ellie. – Durante anos ele pensara apenas em si mesmo e em suas feridas e arrependimentos, e o tempo todo Eloise tinha estado lá, amando, cuidando de sua esposa, de seu filho, de sua família inteira. Ele se sentia humilhado por seu altruísmo e envergonhado pela total indignidade para com ela. – Eu me refiro ao que você fez por Sara. – Ele se preparou para toda a dor por causa da menção do nome da mulher. Uma dor que não veio.

Eloise molhou os lábios.

– Sabe? – Uma surpresa suave sublinhou a pergunta dela.

Ele fez que sim com a cabeça uma vez.

– Eu sei.

Eloise inclinou o queixo para cima, como se estivesse preparada para as críticas dele.

– Você teria feito o mesmo por mim.

Deus, ele não merecia a fé e a devoção dela. O remorso o perfurou por dentro. Ele apertou e soltou a mandíbula. Por que ele teria feito o mesmo? Desde o momento em que o novo vigário entrara na aldeia com sua encantadora filha, Lucien não fora o amigo que Eloise merecia – o amigo que era antes. Ele nem sequer sabia o nome do marido dela, como se conheceram, detalhes do namoro e do casamento. Seu marido tinha sido um homem melhor e muito mais digno para Eloise do que Lucien jamais poderia ter sido. Talvez o destino soubesse disso. A vergonha ficou presa na garganta dele e tornou impossível falar.

Ela limpou a garganta.

– É tarde. – Quando é que Ellie Gage se preocupava com coisas como o tempo? Ela sustentou o olhar dele e então, com infinita lentidão, moveu os olhos sobre o rosto dele como se quisesse memorizá-lo. – Como eu disse, vim me despedir.

Lucien pegou a mão dela na dele e levantou-a até os lábios.

– Adeus não, Eloise. Boa noite – ele corrigiu.

Um brilho cobriu seus olhos, e ela piscou rapidamente. Mas, assim que chegaram, as gotas cristalinas desapareceram.

Sem outra palavra, Eloise soltou a mão e partiu.

Ele olhou para ela. Ela não percebeu que, se permitisse, nunca mais haveria uma separação entre eles

22

Três semanas depois...

Com o retorno do cavalo do marquês de Drake semanas antes, Lucien, sentado agora na carruagem de seu irmão, fez o solitário retorno a Londres, ao longo das ruas enlameadas pela chuva. Depois de quase um dia de tempestade, as nuvens cinzentas e grossas se separaram. Ele puxou a cortina para trás distraidamente, olhou para as cenas familiares e refletiu sobre Eloise.

Estranho. Ele tinha passado anos sem reparar em Eloise e agora a via em toda parte. Incluindo algo tão simples como um passeio de carruagem. A lembrança de quando ela estava sentada em frente a ele, pingando molhada da chuva fria, as bochechas se inflando pelo movimento da carruagem.

Na noite em que Eloise fora prestar suas homenagens e despedir-se de seu pai, o visconde Hereford, Lucien não percebeu que ele era, de fato, a pessoa de quem ela se despedia. E, por todos os anos que não havia notado Eloise Gage, a perda fora ainda maior.

Com a partida dela, Lucien tinha sido forçado a navegar pelas relações que conhecera anteriormente, como irmão de homens que considerava seus amigos mais próximos, e que, por fim, haviam se tornado desconhecidos por decisões que ele mesmo havia tomado. Eloise havia aberto os seus olhos para tantas coisas, incluindo a percepção de que, apesar de tudo o que tinha acontecido entre ele e a família, eles ainda eram a sua família. Os anos haviam se passado, e, apesar da dor da perda, também havia a certeza de que, finalmente, reconheciam-se como amigos e irmãos. Mais uma vez, fora por causa de Eloise. Tudo por causa dela.

A carruagem parou devagar e ele olhou para a janela da familiar casa em Londres – o lugar onde tinha residido, trabalhado e que tinha chamado de lar por dois anos. Lucien tinha saído dessa casa zangado e furioso. Furioso com Eloise por sua interferência. Furioso com a vida por ter tirado tanto dele. Furioso por ter sido forçado a sair do único lugar onde conseguira encontrar um pouco de paz depois da guerra.

Agora ele voltava um homem mudado. Um homem que tinha sido forçado a enfrentar os demônios em sua vida e, em seguida, domá-los o suficiente para viver uma vida desprovida da dor que o teria lentamente destruído.

O condutor abriu a porta. Lucien respirou fundo antes de descer. Segurou a borda da porta e pausou por um momento. A ansiedade se infiltrou, seus tentáculos se penetraram em seu cérebro, lembrando-o da inferioridade de um homem sem braço em meio a um mundo de perfeição cintilante.

Um raio de sol passou pelas nuvens grossas e derramou luz sobre os leões metálicos do batente da porta do Marquês de Drake. Estava na hora. H ora de voltar a viver completamente. Lucien desceu da carruagem e subiu as escadas. Bateu à porta. Virou-se e olhou fixamente para as ruas tranquilas de Londres, esperando pelo homem que agora ocupava seu posto e que provavelmente continuaria a ocupá-lo depois que saísse.

A porta se abriu. O jovem mordomo, Gatwick, abriu a boca para cumprimentá-lo e depois piscou os olhos.

– Sr. Jones – disse ele, lentamente. Olhou fixamente para a calça marrom imaculada de Lucien e para o casaco azul safira. Abriu e fechou a boca várias vezes. – Sr. Jones – ele repetiu, depois se apressou em permitir a entrada de Lucien.

Ele sorriu.

– Estou aqui para falar com o marquês.

Gatwick fechou a porta.

– Claro, claro. – Ele deu um passo à frente e depois falhou. – Er... – Ele arranhou a testa enquanto tentava navegar pelo agora incerto mordomo ou visitante Lucien.

Ele aliviou o outro homem de sua dificuldade.

– O marquês...?

– No escritório, Sr. Jones.

Lucien inclinou a cabeça.

– Vou tratar disso. Obrigado, Gatwick.

O criado mais novo curvou-se e recuou.

Lucien olhou para ele por um momento. Os homens e mulheres dali nunca tinham sido uma família para ele. Ele não permitia vínculos com ninguém depois de ter perdido Sara e Matthew. Em vez disso, construíra paredes ao redor de seu coração para se proteger, até que Eloise as demolira com suas mãos capazes, uma lembrança amarga de cada vez. No entanto, nessa despedida seguinte, houve uma nova perda, a passagem de uma vida que ele viveu, a segunda fase de sua vida, o mundo escuro e solitário que ele abraçara por todos aqueles anos.

Mas era chegada a hora. Lucien começou pelo átrio, passos silenciosos sobre o chão de mármore branco. Era hora de avançar e começar de novo. Ele cerrou a mão ao seu lado. Se ela permitisse. Se não fosse tarde demais. Quantas oportunidades ele tivera com Eloise e quantas vezes ignorara e rejeitara sua bela oferta?

Ele virou à direita e andou ao longo corredor comprido e vazio. E se ela o rejeitasse? O que, para todos os efeitos, deviria fazer. O que seria dele sem ela? Lucien fez uma pausa à porta do escritório do marquês. Tinha sido um covarde por muito tempo. Era hora de ir até ela e oferecer-lhe tudo o que ele era capaz de dar, tudo o que ele era, tudo o que tinha, o que, considerando o que valia e aquilo a que tinha direito, não era nada.

Ele bateu uma vez.

– Entre – gritou o marquês.

Lucien entrou.

Lorde Drake olhou para cima, em meio a seus livros, e sorriu.

– Jones – disse ele. Parecia surpreso.

Olhando para o jovem senhor, geralmente imperturbável, ocorreu-lhe que o marquês não havia acreditado que ele voltaria. Ele sabia.

– Capitão – disse ele. Assim como a marquesa soubera devolvê-lo ao mundo dos vivos, seu marido sabia que seu tempo nessa casa tinha chegado ao fim.

O marquês ficou em pé.

– Entre. Entre. – Ele gesticulou para a cadeira em frente à mesa.

Lucien caminhou, pela primeira vez consciente de sua mudança de status. Mesmo com os tons e as roupas adequadas, ainda era aquele soldado grosseiro e cansado da batalha que tinha primeiro encontrado o outro homem nos campos da Europa... e depois novamente dentro das paredes sombrias do Hospital de Londres. Ele se sentou.

Lorde Drake retomou seu lugar. Lucien bateu com as pontas dos dedos ao lado das botas. O olhar do marquês se dirigiu à braçadeira na manga esquerda de Lucien.

– Lamento a perda de seu pai – disse ele, com suavidade. – Minhas condolências.

Lucien respondeu com um movimento distraído.

– Obrigado. – Ele fez uma pausa. – E obrigado por... – *ter me forçado* – ter me encorajado a ir até lá. – Lorde Drake era apenas mais um com quem ele ficaria em dívida para sempre. Foram necessárias várias pessoas para montar os pedaços vazios e estilhaçados de Lucien Jonas: Lady Drake, Lorde Drake, as enfermeiras do Hospital de Londres. Mas ele nunca mais estaria inteiro. Não sem Eloise. Ela era a peça que faltava na vida dele, e finalmente ele estaria completo. Ele respirou fundo. Se ela quisesse... – Eu considerei a sua oferta, senhor. A posição administrador.

O marquês arqueou uma sobrancelha.

– E?

Ele levantou a palma da mão.

– E acredito que meu papel esteja em outro lugar. – Seria com Eloise. Sempre seria assim. Só demorou uma vida inteira para perceber. – Com a morte de meu pai, ele me fez um proprietário. – E ao fazê-lo, tinha-lhe dado um propósito renovado, um sentido de independência, e, mais, colocara-o em uma posição em que merecia uma esposa... ou, mais especificamente, uma condessa. Embora houvesse tudo de honroso no trabalho que tinha assumido na casa do marquês, esse papel o impediria de ter aquilo que realmente queria. – Não sou tão ingênuo a ponto de julgar que será um encargo fácil assumir a gestão de uma propriedade. – Ele deu um sorriso de lado e gesticulou para o lugar vazio onde seu braço estava. – Mas imagino que, com tudo o que perdi e enfrentei na vida, esse deve ser o papel mais fácil que assumirei.

Partilharam um olhar; dois homens que tinham lutado, e ainda sonhavam com as coisas horríveis que viram.

– Não discordo de você. – Lorde Drake se ajeitou em seu lugar. – Você ficaria admirado se eu dissesse que concordo com você? – Cruzou os braços sobre o peito. – Você pertence a outro lugar, e, mais importante, com uma pessoa em particular.

Ele permitiu que o silêncio marcasse sua confirmação.

O marquês empurrou seu assento para trás. Ele inclinou a cabeça para a porta.

– Imagino que você tenha coisas mais importantes para fazer do que falar comigo. – Ele estendeu a mão.

Lucien estudou-o por um momento e depois ficou de pé. Apertou a mão do marquês.

– Obrigado – disse, calmamente. Por lhe ter dado um propósito. Por tê-lo empurrado de volta para um mundo do qual jurara nunca mais fazer parte.

O homem deu um leve e imperceptível aceno de cabeça, o olhar significativo em seus olhos indicando que havia ouvido os pensamentos não ditos de Lucien.

Com isso, ele se virou nos calcanhares e saiu da sala, caminhando de seu passado em direção a...

Lady Drake apareceu repentinamente no corredor, e ele colidiu com a marquesa. Lucien se assustou.

– Perdoe-me, senhora – disse, rapidamente.

Ela fez um sinal para ele não se preocupar, dando-lhe um sorriso gentil.

– Tenente Jones. – Ela admirou seu belo traje, as linhas de seu casaco, suas brilhantes botas pretas, e então encontrou seus olhos. – Por que é que imagino que o seu tempo aqui esteja acabando?

Porque estava. Ele olhou para ela, uma mulher que o tinha distraído o suficiente para lhe salvar a vida.

– Obrigado – disse ele simplesmente, as palavras totalmente inadequadas para transmitir a gratidão por tudo o que ela tinha feito. – Se a senhora não tivesse persistido... – Seus lábios tremeram pela lembrança de seus sentimentos, da raiva e da mágoa que sentira naquela cama no

Hospital de Londres. – Eu não estaria vivo agora.

Ela balançou a cabeça.

– Oh, eu não acredito nisso. – Lady Drake continuou quando ele abriu a boca para protestar. – Não teria... –... *Se matado*. Ela deixou que essas palavras pecaminosas não fossem ditas. – Você tinha uma razão para viver, mesmo que não soubesse disso naquele momento.

Ele tentou falar quando ela pegou sua mão entre os dedos enluvados, pedindo sua atenção.

– Mas você percebe isso agora, e é isso que importa.

– É provável que seja tarde demais – disse ele, sentindo uma dor em seu peito. E se fosse? O que seria dele sem ela?

Ela apertou sua mão.

– Eu sei melhor do que ninguém que o tempo não significa nada nos assuntos do coração. Agora você também sabe. – Uma faísca cintilante brilhava nos olhos castanhos. – Conheço sua Eloise. Ela sabe. Vá falar com ela.

– Obrigado – disse ele, a determinação firme sublinhando suas palavras. – Pretendo fazê-lo. – Mesmo que ela o rejeitasse e o chamasse de tolo por não ter reparado nela, ele precisava dizer. E, se ela permitisse, passaria o resto da vida a amá-la, como ela sempre merecera.

Lady Emmaline assentiu e depois soltou sua mão.

– Vá – ela insistiu.

Ele olhou para ela por um momento prolongado – essa mulher, seu marido, essa casa na cidade, uma ligação com seu passado recente, escuro e solitário. Lucien virou-se e acenou para Lorde Drake quando eles compartilharam um olhar que apenas dois homens que haviam enfrentado o diabo e sobrevivido poderiam entender. Mudou a sua atenção para Lady Emmaline, a pessoa que não lhe tinha permitido entregar-se às trevas. Como poderia pagar a ela ou ao marido? Tinham-no restaurado ao mundo dos vivos, e, nisso, o guiaram de volta a Eloise.

– Eu...– Ele abriu e fechou a boca várias vezes. – Eu...

Um sorriso gentil virou os lábios de Lady Drake para cima.

– Eu sei. – Ela inclinou o queixo para a porta. – Vá conversar com ela.

Com uma reverência final, ele sacudiu as correntes de seu passado e se preparou para abraçar o futuro.

Um grito estrondoso penetrou nas paredes da sala de estar de Eloise. Com um suspiro ofendido, ela pôs de lado o livro que tinha nas mãos. Era inevitável. Assim que retornou da propriedade do visconde, ela sentira com confiança, e teria apostado tudo a que tinha direito como viúva, que a notícia de sua escandalosa viagem de carruagem com Lucien e sua incursão pelo campo de flores inevitavelmente chegaria até seu cunhado. Ela tinha imaginado que aconteceria semanas antes.

O clique agudo dos passos no corredor, aumentando com fervor, se aproximou da sala de estar.

Ela ficou de pé enquanto o mordomo abria a porta.

– O conde de Sherborne – ele entoou, seu rosto uma máscara sem expressão.

Eloise deu seu melhor sorriso.

– Ora, Lorde Sherborne, que...

– Isto não tem a ver com uma visita agradável, Eloise – ele respondeu. Nunca era, com o conde.

O mordomo despediu-se, mas não antes de favorecê-la com um olhar de pena.

Eloise gesticulou para o sofá.

– Quer se sentar?

Com os lábios em uma linha tensa e zangada, o cunhado a perseguiu.

– Não me importo de me sentar, madame. Eu me preocupo com minha reputação, pois é afetada pelas suas ações escandalosas.

Ela arriscaria dizer que na péssima opinião dele não havia uma única viúva tão escandalosa quanto que ela.

– Garanto que me comporto como devo – disse ela, secamente.

O conde ou ignorou ou não ouviu o tempero irônico de suas palavras.

– Já ouvi murmúrios entre meu pessoal de casa sobre sua relação com o Sr. Lucien Jonas. – Ele colocou as mãos nas ancas e elevou-se sobre ela. – Meu irmão...

– Seu irmão se ofenderia com sua invasão em minha casa e com sua repreensão como se eu fosse uma criança travessa – ela respondeu. Sua arrogância nesses anos tinha se tornado tediosa.

Em sua ousada refutação, o choque estampou as linhas do rosto do homem. Ele abriu e fechou a boca.

– Por que eu... eu...

Encorajada pelo seu choque, Eloise deu um passo à frente.

– Por que isso, senhor? Por que acredita que tem o direito de entrar em minha casa e me repreender por comportamentos relatados por serviçais bisbilhoteiros?

– Porque é importante para minha própria reputação – ele trovejou. Sua voz ricocheteou no teto alto. – Sou casado com uma condessa. – A pobre mulher. Ela sentiu a agitação da piedade por aquela senhora desconhecida. – E – ele acenou com o dedo em um círculo sem direção – enquanto suas ações servirem de forragem para os mexericos, mais manchas terá o título de Sherborne.

As bochechas de Eloise flamejaram com um calor abrasador. A acusação anulou sua resposta tardia.

– Ah, nada a dizer? – Ele fez um som satisfeito. – Circulam rumores sobre seu envolvimento com o mordomo de um braço só do marquês de Drake.

Ela arfou. Uma raiva vermelha desceu sobre a sua visão, cegando-a com sua intensidade.

– Comporte-se – ela grunhiu. Ela costumava dizer que toda a bondade da linhagem Sherborne tinha sido dada ao filho primogênito, Colin, seu marido, não deixando nada para o cruel, covarde e atual conde de Sherborne.

– Comportar-me? – Os olhos dele voaram para longe. – É a senhora que está manchando sua reputação ao abrir as pernas para um criado.

Eloise deu um tapa no rosto dele com tanta ferocidade que a palma de sua mão ficou impressa em sua pele.

– Por Deus! Meu irmão deve estar se revirando na sepultura com...

– Se eu fosse você, deixaria essas palavras ficarem inacabadas.

Eloise começou a andar em círculos. Seu pulso doía loucamente quando o corpo musculoso de Lucien encheu a entrada. O cunhado se retesou com a intrusão inesperada.

O mordomo limpou a garganta.

– Sr. Lucien Jones – anunciou. O fantasma de um sorriso brincava nos lábios do criado, normalmente imperturbável. Ele fez uma mesura e depois recuou para fora da sala.

– O que significa isto? – gaguejou o conde. Ele recuou enquanto Lucien avançava com passos lentos e deliberados pela sala.

A visão dele depois de todas essas semanas apagou as coisas humilhantes e horríveis que o conde lhe dissera.

– L-Lucien – ela sussurrou. *Por que ele estava ali?* Por que, quando ele tinha dito tão claramente que, depois da morte do pai, voltaria à vida que tinha vivido todos aqueles anos sem ela?

O cunhado reencontrou sua arrogância descarada.

– Por que está aqui, senhor? – Ele inchou o peito como um pavão. – Não há espaço para um mero mordomo...

– Também seria sensato não terminar essas palavras – Lucien entoou, em um sussurro de seda e aço.

A cor escorreu das bochechas do conde. Ele encontrou coragem para puxar o casaco e dizer:

– Eu sou o Conde de Sherborne e não serei tratado...

Lucien continuou andando para a frente, e o valentão magricela tropeçou em sua pressa de colocar o sofá entre ele e o cavalheiro ameaçador. Lucien parou ao lado de Eloise. Passou aquele olhar inescrutável e poderoso sobre o rosto dela, o cinza de seus olhos escuros como o céu de verão depois de uma tempestade.

Então, com relutância aparente, ele voltou a concentrar-se no conde.

– Vai deixar esta casa, Sherborne. E nunca mais vai insultar Eloise com sua presença aqui. Se você falar com ela – disse ele, enquanto pisava o pedaço de mogno entre eles e depois diminuía a distância entre ele e o maldito homem.

– Se você sequer falar com ela, eu demonstrarei o que sou capaz de fazer com um único braço. – Ele baixou o tom para a voz gravemente áspera e dura que inicialmente a aterrorizara no encontro deles na casa da marquesa. – Eu o farei se arrepender de qualquer palavra vil que disser. – Lucien se inclinou para mais perto. – Estamos entendidos, Sherborne?

As bochechas do conde ficaram cinza, e, apesar do terremoto óbvio em seu esqueleto, ele conseguiu assentir.

O coração de Eloise pulou várias batidas por causa daquela defesa ousada. Ela pressionou os olhos por um momento. Estava sozinha havia tanto tempo que se acostumara a depender apenas de si mesma. Abriu os olhos mais uma vez e acariciou Lucien com o olhar. Pela primeira vez em muito tempo, não estava sozinha. A alegria a inundou por dentro, e uma onda de emoção tão forte a abateu que não era capaz de falar. Sua garganta funcionava dolorosamente.

Lucien olhou para Sherborne através de olhos de fendas impenetráveis e então deu um aceno tardio.

– Já terminamos aqui. – Ele se afastou, e o cunhado dela saiu da sala. Com seu andar desajeitado, o conde bateu em uma mesa lateral e então derrubou uma poltrona marfim antes de sair da sala como um rato perseguido em uma cozinha.

Os ombros dela caíram com alívio após a saída do homem. No entanto, com a despedida, ela voltou a olhar para aquela presença na sala. Ajeitou sua saia.

– Lucien.

– É tudo o que consegue dizer? – O tom grave profundo recaiu sobre ela.

Eloise silenciou seus movimentos distraídos.

– Olá?

Ele fechou o pequeno espaço entre eles.

– Suponho que seja melhor do que me mandar sair daqui – ele disse, secamente. Ele levantou a mão, os nós dos dedos pairando desajeitadamente pela face dela, e então sua mão caiu de volta à lateral do corpo.

Eloise lamentou a perda daquele toque leve e desesperadamente desejado.

– Por que eu o mandaria embora? – Ela o amava e sempre o amara. Ela o aceitaria de qualquer maneira que pudesse, mesmo que ele fosse apenas um amigo lhe fazendo uma visita.

Um sorriso sem humor pairava sobre os lábios dele.

– Talvez porque devesse me mandar embora.

Ela meneou a cabeça.

– Eu não faria isso.

– Nem mesmo se eu merecer?

– Por que mereceria? Porque você nunca me amou como eu o amei? – Ela mordeu o interior da bochecha, a surpreendente honestidade daquela admissão torcendo suas entranhas. De repente, a proximidade de seu corpo era demasiado grande. Ela foi até a poltrona marfim e arrastou as pontas dos dedos pelas costas de mogno.

– Eu...

Ela levantou a mão.

– Você se apaixonou e se casou. Eu nunca invejaria a felicidade que conheceu. – Mesmo quando o sonho perdido lhe despedaçara o coração.

– Eu...

– Há muito tempo aceitei que qualquer coisa entre nós era um mero sonho, Lucien. – A verdade de suas palavras distorcidas doeu como uma lâmina em sua barriga. Ela abraçou seu próprio corpo. – Eu sabia disso, mesmo que meu coração não soubesse. – Exceto que, mesmo agora, ela mentia para si mesma. O amor por Lucien desafiava toda a lógica e entendimento. Baseava-se na amizade e na emoção e naqueles sentimentos indefiníveis que só eram guardados no fundo do coração de uma pessoa.

– Eloise, eu...

Ela passou os dedos na parte de trás do sofá e estudou a aderência das mãos brancas sobre a mobília.

– Não precisa pedir desculpas – garantiu ela, levantando o olhar e encontrando-o.

– Não estou aqui para pedir desculpas. – O pesar obscureceu suas palavras.

Oh... O calor subiu pelo seu pescoço e aqueceu seu rosto.

– Uh. Bem, então. – Ela deslocou-se desajeitadamente. – Por que está aqui? – E então acrescentou: – Não que eu não esteja incrivelmente feliz por vê-lo. – Independentemente dos seus sentimentos ou da falta de sentimentos por ela, a jovem ficaria sempre alegre ao vê-lo. Mesmo que ele estivesse rosnando, zangado e sujo. – Estou... – acrescentou ela, como se fosse um pensamento posterior.

As sobrancelhas dele baixaram.

–... feliz por vê-lo – esclareceu. – Estou apenas... – *Divagando. Você está divagando, Eloise.*

Lucien se aproximou, impossivelmente calmo e elegante com seus longos e graciosos movimentos. Ele parou na frente dela com o sofá entre os dois.

– Posso falar?

Ela assentiu.

– Não vim pedir desculpas – acrescentou.

Eloise suspirou.

– Eu sei. Você já disse que...

– Eloise.

– Er, certo, desculpe – ela disse, com pressa. – Estava dizendo...

Lucien estendeu a mão através do espaço que os separava e envolveu a bochecha dela.

– Não estou aqui para pedir desculpas porque todas serão inadequadas, e você merece muito mais do que isso. – Ela se inclinou para receber a carícia. A luva de couro, elegante e feita sob medida, arrefeceu e acalmou sua pele. – Fui um tolo – disse ele, com uma franqueza que a fez arregalar os olhos. Ele baixou a mão para o lado. – Você merecia mais de mim como amigo. Merecia um homem melhor do que eu como seu marido. – Ele olhou para o mobiliário luxuoso, feito de mogno, para a sala, seu olhar permanecendo sobre o grande e ornamentado espelho chanfrado dourado na parede à direita. – E aposto o meu outro braço que você encontrou isso em Sherborne.

Sim, o marido dela tinha sido bom e mais do que ela merecia. Mas ele nunca fora Lucien. Ela não desrespeitaria a memória de Colin com a verdade no coração.

Com um movimento distraído, Lucien pegou uma pastora de porcelana e a virou na mão, estudando-a.

– Meu pai me deixou títulos para gerir terras não arrendadas em Kent. Eloise assentiu. *Ele tinha vindo por isso?* Ela molhou os lábios e procurou a resposta adequada.

– Você vai se sair muito bem ao assumir o comando da propriedade – disse ela, finalmente. Ela não duvidava nem por um momento de que, com sua inteligência e força, ele era mais capaz do que qualquer outro proprietário de terras em toda a Inglaterra. E, no entanto, ela desejava que fosse *mais* o que o tinha trazido até ali. Queria que fosse *ela*.

Um Lucien imperturbável pousou a pastora. A peça delicada balançou sobre a mesa, depois se endireitou. Ele passou a mão instável pelo cabelo.

– Não vim aqui para falar sobre a propriedade – pausou. – Embora pareça importante que você saiba disso. – Ele cortou o ar com a mão e esbarrou na estatueta mais uma vez. A pastora de cabelo dourado balançou e caiu de lado, sem se quebrar. Lucien balançou a cabeça. – Ou seja, parecia que você devia saber sobre minha aquisição da propriedade. – Ele franziu a sobrancelha. – Também não vim pedir desculpas. – Os lábios dele fizeram uma careta. – Estou estragando tudo.

Ela tentou desesperadamente organizar suas divagações.

– Estragando o qu...

Ele levantou o olhar para ela, silenciando sua pergunta com a intensidade ardente em seus olhos cinzentos.

– Estou aqui para dizer que a amo.

O coração dela congelou, suspenso.

– Você... – E então o órgão voltou a martelar em ritmo frenético. – O quê? – A palavra surgiu em um sussurro hesitante. Lucien ultrapassou o sofá e parou. – Eu não entendo. – Porque, depois de anos a amá-lo e sonhar com esse sentimento, ela desistira de ter esperança há muito tempo.

Os músculos da garganta dele conseguiram se mover.

– Você não entende porque eu fui um maldito tolo. – Ele baixou a sobrancelha até a dela. – Demorei tempo demais para perceber que a amo, Eloise Constance. Eu a amo desde que nos vimos pela primeira vez. – Levantou os nós dos dedos dela até sua boca e depositou um beijo neles. – Só não tinha percebido isso. Percebo agora e sei que é provavelmente tarde demais...

– Não! – A exclamação partiu dela.

A negação de Eloise atravessou-o. Não menos do que ele esperava, mas ainda assim agonizante pelo que representava. Tinha sido o auge da arrogância vir até ali e esperar que ela pusesse de lado a liberdade que tinha como viúva para se casar com um cavalheiro quebrado e indigno como ele. Com uma relutância dolorosa, Lucien libertou-a.

– Não – ele repetiu, em um tom sem vida. Lucien vacilou com o arrependimento que tingia aquela palavra. Ele não a faria sentir-se culpada. Ele fez um aceno duro e recuou. – Perdoe-me – a voz dele emergiu rouca. – Compreendo que é improvável que você retribua meus sentimentos após anos de negligência grosseira. – Ele deu mais um passo para longe dela, sem nunca tirar o olhar de seu rosto. – Serei sempre o seu dedicado criado e amigo. – Ele se curvou. – Com licença. – Com isso, ele correu para a porta.

– É só isso que vai dizer? – ela gritou, interrompendo o seu passo apressado. – Simplesmente vai embora?

As palavras dela o fizeram parar. Seus músculos tensionavam debaixo das dobras do casaco. Ele se virou e olhou para ela de forma questionadora. Ele não a convencera de que era digno, porque ele mesmo não acreditava – e por isso ele iria embora.

Eloise correu em sua direção. Ela se colocou entre ele e a porta.

– Você me entendeu mal.

Lucien olhou para ela, em dúvida. As primeiras agitações de esperança cresceram em um coração que ele só recentemente percebera que não estava morto. O órgão ainda batia. Batia por Eloise. Ele falou devagar.

– Entendi mal...?

– Não é tarde demais, seu grande idiota. – As palavras saíram dos lábios dela. – Eu o amo, L-Lucien – disse ela. A voz dela saiu frágil. – Sempre amei. – Ela sorriu tremulamente para ele. – Sempre vou amar.

Lucien respirou fundo e fechou momentaneamente os olhos.

– Você era tudo que eu nunca soube que precisava, Eloise. Esteve sempre lá e eu nunca percebi.

Ela inclinou-se nas pontas dos pés e pressionou os lábios contra os dele num lento e gentil beijo.

– Você está percebendo agora – sussurrou ela. – E isso é tudo o que importa.

Ela estava errada. O que ele se tornara desde os anos da sua juventude era importante. Os anos o tinham transformado. A guerra o tinha transformado. *Mas, então, a vida não havia transformado a ambos?*

– Você pode me amar, mesmo me faltando um braço, um homem que agiu como criado...

Eloise tocou com os dedos os lábios dele, silenciando-o.

– Nada disso importa. – Ela moveu a palma da mão e pressionou-a sobre o coração dele. – Isto é o que importa. Só isto.

Ah, Deus. Ele a amava. Ele a queria em sua vida. Agora. Amanhã. E para sempre.

– Case-se comigo.

Ela piscou, recuando um passo.

– O quê? – A mão dela flutuava sobre o peito.

Ele passou a mão pelo cabelo e suspirou.

– Estou fazendo disto uma confusão...

Eloise deixou a mão cair para o lado do corpo. Ele tinha imaginado a sombra de um sorriso puxando seus lábios?

Ele suspirou. Outra vez.

– Estou me atropelando. – Ele nem sequer conseguiu lhe fazer uma proposta adequada de casamento.

Os ombros de Eloise tremeram em clara diversão.

– Uh, sim. Estou ouvindo. – Ele caiu de joelhos.

– O que está fazendo...? – As palavras dela terminaram em uma forte repuxada de ar.

– Tive três semanas para encontrar as palavras perfeitas para você, Eloise, e, mesmo assim, não consigo ser o que você merece. – Ela abriu a boca, mas ele continuou não permitindo que ela dissesse aquelas palavras provavelmente contraditórias. – Quer se casar comigo? Porque eu a amo e vou passar o resto dos meus dias cobrindo você com toda a felicidade que merece. – Ele franziu o cenho. – Embora eu não seja o mesmo jovem e

espirituoso cavalheiro que já fui. – Ele olhou para a manga fixa do casaco.
– Nem o jovem e agradável cavalheiro por quem você provavelmente se...

Um riso sem fôlego escapou dela.

– Sim, Lucien.

Seu coração congelou e a esperança explodiu através dele.

– Sim, não sou o cavalheiro simpático por quem você se apaixonou? – Ele parou devagar. – Ou sim, vai se casar comigo?

Ela envolveu os braços ao redor do pescoço dele e se inclinou.

– A segunda opção – ela sussurrou contra sua boca.

Um sorriso desenhou uma curva em seus lábios.

– Eu a amo, Eloise. – Ele baixou a boca para a dela e reivindicou seus lábios, em um beijo gentil e penetrante.

Ele estava em casa.

Fim

Agradecimentos

Para Katie,

Obrigada por querer ler a história do tenente Jones tanto quanto eu a queria contar. Eu me conectei com Jones desde o momento em que ele estava olhando pela janela durante a visita de Lady Emmaline em *Forever Betrothed, Never the Bride.*
O dia em que entrei no Facebook e li seu post pedindo para conhecer a história, foi um dia maravilhoso!